Gardons-nous d'appeler
jamais un homme heureux,
avant qu'il ait franchi le terme
de sa vie sans avoir subi de chagrin.
Sophocle, 425 avant J.-C. « *Œdipe Roi* »

ISBN 978-2-38148-166-1

Photographie de couverture : Jean Lou
Dépôt légal : mai 2024

Pierre Chiarelli

Amadeo

ROMAN

AEDIS

Amadeus est mon nom !

À vrai dire, tout le monde m'appelle Amadeo, mais le père Augustin, le franciscain qui m'a baptisé de ce nom, est le seul à le dénaturer quand il m'appelle de sa grosse voix rocailleuse de fumeur de tabac brun :

– Aime Dieu, l'enfant qui aime Dieu.

Et aujourd'hui encore, s'il n'était pas au ciel, il continuerait de m'appeler ainsi.

Un prénom difficile à porter, mais je n'en ai jamais voulu à ma mère de l'avoir choisi ; elle aimait la musique de Mozart et voulait que je sois un jour musicien.

Mon père l'avait accepté, car il était passionné d'opéra, et le théâtre de Bastia, situé à une matinée de calèche, lui donnait l'occasion, grâce aux troupes italiennes qui s'y produisaient, de découvrir le bel canto.

C'était le seul luxe que mes parents s'offraient aux quatre saisons.

Trop jeune, je n'ai pas pu goûter à ce plaisir et j'aurais préféré en être encore privé bien plus longtemps, car ma mère Mandolina, partie sans faire de bruit, me laissa orphelin dix jours avant mon anniversaire. J'avais dix ans.

Les prénoms musicaux étaient bien une tradition dans cette famille originaire de Toscane.

Répondant au souhait de sa femme, mon père Giuseppe s'était sacrifié pour racheter l'accordéon de mon oncle Jean-Baptiste et m'avait offert *La Tosca* pour mon baptême à l'Opéra.

Il ne survécut que cinq années à Mandolina ; son travail à la mine d'antimoine de Sainte-Marie l'ayant usé jusqu'à la corde.

À quinze ans, désormais, je me débrouillais tout seul ! Fini les leçons de solfège. Fini les soirées d'opéra. Fini le rêve de Mandolina. Fini !

Je n'allais plus perfectionner mon jeu d'accordéon, pourtant cet instrument allait m'accompagner toute ma vie.

Je l'aimais à perdre la raison et il y avait des soirs où je jouais mes doigts en sang, après une journée entière à faire des tailles de bois, ou retirer les filets aux côtés des pêcheurs de Centuri, ou encore à traire les quarante chèvres de Mauriziu.

Tout était bon à prendre pour survivre et le père Augustin me récompensait, comme enfant de chœur, tous les dimanches. Il me permettait aussi chaque année de l'accompagner lors de la bénédiction pascale des maisons, durant laquelle les fidèles les plus généreux étaient ceux qui connaissaient eux-mêmes la misère.

Je ne renonçais à aucun boulot pour assurer mon quotidien et mes progrès musicaux s'enlisèrent durant toutes ces années noires.

Je chérissais cet instrument appelé avec mépris le « piano du pauvre ».

Sur notre île, j'appréciais qu'on lui accordât plus de respect : « l'urganetu », traduction littérale du petit orgue.

Malgré cette appellation, j'étais sommé de

jouer mes notes loin des habitations de mon petit village.

Je m'étais exilé à l'Arena, ce petit coin de paradis ouvert sur la plage de galets, mais abandonné par tous ses habitants.

Il avait été le théâtre d'une hécatombe.

Deux familles entières, quatre adultes et neuf enfants, dont le plus âgé n'avait pas huit ans, avaient été décimées par la malaria.

Grâce à la quinine, j'avais échappé au pire et mon traitement à vie me permettait de jouer, dans tous les recoins de ce village fantôme, sans heurter les tympans de mes compatriotes.

Mon univers se situait là, à la pointe du Cap Corse face à la Giraglia. Ce rocher posé sur la mer se détachait sur l'horizon. Trônant majestueusement au sommet, son phare signalait aux marins, de ses éclats la nuit, cet écueil du nord extrême de la Corse.

La vallée, face à ce protecteur de vie, se voyait inondée de sa lumière dont le faisceau pénétrait toutes les dix secondes à travers les volets restés ouverts.

Les maisons les plus exposées connaissaient

comme seul somnifère efficace la fermeture des volets avant celle des paupières.

De jour comme de nuit, c'est à cet endroit que j'allais connaître mes plus belles émotions musicales et sentimentales…

Gardien de phare

J'étais orphelin, certes pauvre, libre comme l'air, avec toujours à l'esprit l'espoir que Mandolina et Giuseppe avaient fondé sur leur fils unique.

Je réussissais mieux dans mes études que dans la musique pour laquelle j'étais plus tributaire des caprices du temps.

Le Libecciu, ce vent de sud-ouest soufflant en bourrasque, était mon pire ennemi.

Père Augustin m'avait initié au latin et il suivait de près ma scolarité ; en revanche, il était hermétique au solfège. Je devais seul déchiffrer les partitions poussiéreuses qui dormaient sur l'orgue abandonné de la chapelle Saint-Érasme, patron des marins.

Tant pis ! Je lui devais tellement ma réussite

au brevet élémentaire que je me résignais à jouer uniquement pour mon plaisir, parfois pour celui des autres, en abandonnant tout espoir de briller un jour dans les concerts.

Cependant, je commençais à avoir ma petite notoriété locale.

Mon niveau musical était suffisant pour que les vieux du village, un samedi de bal, me donnent ma chance aux côtés d'un orchestre bastiais réputé : *Les Mouflons*.

Ma prestation fut suffisamment appréciée pour qu'enfin celui qui avait été mis en quarantaine durant toutes ces années puisse être entendu par les siens.

Sans rancune !

Seulement deux samedis par mois, je pouvais faire danser sur la même piste tous les villageois et retrouver mes amis, plus portés vers le comptoir.

Les autres semaines, j'étais à nouveau un exilé, mais pour la bonne cause.

Mon parrain Désiré, qui habitait Marseille, m'avait permis de décrocher un poste de gardien de phare, à l'aube de mes seize ans, sur la Giraglia lumineuse. Capitaine au long cours à la retraite, après une longue carrière, il avait appuyé ma candidature avec succès.

Durant la quinzaine où j'étais de service, je pouvais ainsi jouer *ad libitum*, car mon collègue Nonce Vitani était sourd comme un pot.

Je l'appelais d'un air moqueur Ludwig Van, mais il n'avait aucune idée du génie auquel je l'associais.

J'avais réussi à lui faire croire que c'était un ingénieur allemand renommé, Nonce étant le seul à savoir dépanner notre optique défaillante.

Les journées étaient longues et ennuyeuses, et avec la régularité d'un métronome, il vidait ses deux bouteilles de vin rosé du lever du soleil à la nuit tombante.

À mon âge, je ne voulais pas sombrer dans une telle dépendance et je préférais goûter, seulement le soir, le vin muscat offert par la famille Bruno, vignerons à Centuri, le village voisin.

Nonce masquait les dégâts de son alcoolisme en ingurgitant une quantité phénoménale de bicarbonate de soude.

Ses brûlures gastriques étaient sans doute atténuées, mais son ronflement m'obligeait à dormir avec un bonnet bourré de coton cardé dans les oreilles, ou à la belle étoile, les nuits d'été.

Ces séjours de gardien du phare me permettaient de répéter, à longueur de journée, un répertoire très varié de valses, tangos, paso-doble, rumbas, barcarolles et les romances les plus demandées.

Tout ce travail allait porter ses fruits, bien au-delà de mes progrès musicaux.

Maria

Ce samedi 15 juin aurait pu être un samedi comme les autres, avec son rituel habituel, quand je me trouvais sur la terre ferme, et pourtant…

Je fêtais mon dix-septième anniversaire et j'attendais la fin du bal pour arroser ça avec mes amis. En ce début d'été, les danseurs en redemandaient et me rappelaient, comme d'habitude, avec un large sourire :

– C'est à la fin du bal que tu seras payé.

Ce qui m'obligeait à une belle rallonge.

Presque minuit et les plus anciens abandonnaient la piste de danse, aménagée sur l'aire à blé abandonnée, au centre de la Piazza A l'Aghja*.

Seuls restaient les couples les plus vigoureux et le vieux maire.

À l'heure fatidique, je mettais fin au bal et posais sur un banc mon instrument, pour aller recevoir mon modeste cachet.

J'étais accoudé au comptoir en châtaignier, commençant à dépenser mon maigre butin pour fêter dignement mes dix-sept ans.

Après le premier verre, épuisé par ce premier bal de l'été, sous une chaleur étouffante, je m'asseyais sur la murette proche du comptoir, chauffé à blanc par les plus imbibés, récalcitrants à toute danse.

La tête dans les nuages, je ne voyais plus personne et n'entendais presque plus les bruyants fêtards, la tête encore pleine du son de mon accordéon posé à mes côtés.

Et pourtant…

Deux voix féminines, au milieu de ce brouhaha, parvinrent jusqu'à moi.

---

* Place de l'Aire à Blé

– Amadeo ! Amadeo !

Quelle heureuse surprise ! En face de moi, les deux plus belles filles que je connaissais s'offraient à mes yeux.

La plus grande s'appelait Luna Stella et avait deux classes d'avance sur moi. Elle avait été ainsi baptisée en mémoire de sa sœur aînée Francesca, décédée d'une longue maladie qui lui était restée inconnue de nombreuses années.

Un médecin, arrivé du Cantal, l'avait finalement diagnostiquée dès son installation dans la région.

Francesca était une « enfant de la lune », avait-il annoncé, tout en expliquant à ses parents la nature de cette pathologie.

En effet, sa maladie, bien avancée déjà, était aggravée chaque jour par son exposition au soleil, augmentant ses lésions cutanées.

Le docteur Joseph Lestrade, que plus tard j'appellerai « Doc », leur avait immédiatement prescrit de ne sortir qu'à la tombée du jour, car le soleil était à l'origine de son mal.

Francesca n'allait plus partager sa vie avec les enfants de son âge, qui s'étaient pourtant faits à son visage buriné par les rayons.

Cette mesure de confinement, à la maison le jour volets clos, suivie de promenades dans les ruelles du village à la nuit tombée, inquiétait tout le monde.

Très vite, notre brave médecin éclaira les esprits mal-pensants, qui voyaient dans les parents de Francesca des bourreaux d'enfants.

Il lui prodigua tous les soins possibles pour assurer sa survie, à laquelle Francesca participait avec son moral de petite fille.

Mais à ce stade de sa maladie, les chances de guérir étaient quasiment inexistantes, et il ne put rien faire de plus que l'accompagner vers une fin inéluctable.

Elle avait cinq ans quand elle finit par s'éteindre, sans souffrances, grâce aux méthodes antalgiques d'avant-garde que le Doc lui administrait, mais que l'Académie n'aurait pas cautionnées.

Le plus réconfortant pour cette âme sensible, très affectée par ce départ, fut que ses parents lui vouèrent une reconnaissance éternelle.

Luna Stella était venue au foyer des Paoli

l'année de sa disparition, et elle avait été ainsi nommée pour conjurer le mauvais sort.

Ce soir-là, Luna Stella avait donc la permission exceptionnelle de minuit, mais plus fort encore, sa jeune cousine Maria avait pu profiter de sa compagnie pour faire sa première sortie nocturne.

Elle habitait à une cinquantaine de mètres de la place où avait lieu le bal, et l'absence de son père ce soir-là, lui permettait de goûter à la liberté pour la première fois.

Plus surprenant encore, j'eus droit à leurs félicitations pour ma prestation, et j'en ressentis une certaine fierté.

Et pour cause, je ne doutais pas de leur sincérité, mais nous n'étions pas du même monde, évidemment…

Maria était la fille Battistini et je n'étais jamais rentré dans sa demeure d'Américains, la maison la plus imposante du village, bien que ma mère Mandolina fût une de leurs domestiques jusqu'à sa mort.

Je n'avais jamais osé croiser son regard, la sachant protégée et surveillée par ses parents. Inaccessible à mes yeux, tout simplement.

Luna Stella, en revanche, était plus simple et nous avions de surcroît été sur les mêmes bancs de l'école communale, ce qui la rendait plus proche encore.

Je me remettais de toutes ces émotions difficilement et les mots me manquaient, tant j'étais ébloui par le regard bleu de Maria.

– Bravo ! Encore bravo !

Maria, avec beaucoup d'assurance, rajoutant :

– Grâce à toi, j'ai pu danser avec mon oncle Dominique.

– Tu ne peux pas dire comme tout le monde *Ziù Dumè* *? dit Luna Stella.

Et se tournant vers moi :

– Félicitations Amadeo, j'ai apprécié ta justesse et ton sens du rythme, tu nous épates !

Je venais d'avoir dix-sept ans, mais je tremblais comme un petit garçon.

Intimidé et ressentant une émotion nouvelle face à Maria, mon cœur battait si fort que je crus perdre toutes mes forces.

---

* Oncle Dominique

Je me ressaisis et réussis enfin à dire, sans bafouiller, mais après un silence qui n'en finissait plus :

– Merci beaucoup, je suis très touché.

J'avais dû passer par toutes les couleurs de l'arc-en-ciel, après une telle banalité.

– Nous serons toutes les deux à la messe de onze heures, alors à tout à l'heure.

– Bona notte ghjuvanotte*.

– Bonne nuit, Amadeo.

Je ne laissais rien paraître au comptoir, mais Pierre et Jean, mes amis de toujours, n'avaient rien perdu de ces instants partagés avec les deux cousines, et je sentais chez eux un brin de jalousie, trahi par cette réflexion :

– Qu'est-ce que tu parles à ces petites bourgeoises !

Sans commentaires…

Pour les tournées suivantes, je réduisis la voilure en vidant discrètement mes verres pardessus le muret, pour être sûr d'assister à la messe qui n'allait pas tarder.

---

* Bonne nuit mesdemoiselles.

Le billet

Le père Augustin, m'apercevant dans l'église, m'attira dans la sacristie et je dus enfiler une aube blanche, pour l'aider à officier.

Au moment de la communion, tout en versant le vin dans le calice en argent, la faible odeur d'alcool me rappela mes abus de la veille.

J'avais servi la messe avant de devenir gardien de phare, ainsi je retrouvais naturellement tous les gestes de la liturgie jusqu'à la communion où, aux côtés du curé, face à Maria qui recevait l'hostie, m'échappait un « Amen » en même temps que Maria prononçait le sien.

Le regard sévère de père Augustin me refroidit, mais après réflexion, je me dis que finalement j'étais entré en communion avec elle…

Le début de notre histoire allait commencer au moment de la quête.

Arrivé à hauteur de Maria, en tendant la corbeille tressée de myrte, je lui vis déposer à l'abri des regards un carré de papier plié en quatre.

À la fin de la messe, dans la sacristie, je

ressortais ce petit billet glissé au milieu des pièces où je pouvais lire :

« Je serai à la plage de l'Arena à quinze heures.

Maria »

Pff… ! Plus de bras, plus de jambes, plus rien ne va !

Que penser d'une telle invitation ?

Comment croire à tout ça ?

Pourtant, c'était bien Maria qui avait signé ce billet ; et comment penser qu'il ne m'était pas adressé ?

Irais-je à ce rendez-vous avec mon accordéon, convaincu qu'il était la seule raison de cette rencontre ?

Mais non ! Je voulais aussi croire un peu en moi.

Ce qui est sûr, c'est que je fus sur les lieux bien avant l'heure.

Maria ne tarda pas et je la vis arriver, avec au bras un panier en jonc rempli de canistrelli, ces biscuits secs, de fabrication familiale la plupart du temps, et parfumés aux grains d'anis ou au citron.

– Je crois que c'est l'heure de te faire goûter ces canistrelli que j'ai fait cuire ce matin, j'espère qu'ils vont te plaire.

Elle saisit ma main gauche avec une telle aisance que je perdais encore un peu plus pied, dans un endroit rempli de mystères que je connaissais mieux que tout le monde.

Ce hameau de l'Arena avait été mon refuge pour la musique.

Mais à partir de ce dimanche, mon cœur allait y découvrir le sentiment amoureux, l'*Innamoramentu**.

Je goûtais à un canistrellu, et pour prouver qu'ils étaient bons, j'en repris un deuxième.

L'après-midi ne faisait que commencer et j'avais du mal à imaginer un sujet de conversation.

Je choisis de lui faire découvrir toutes ces habitations, tombées en ruines, en lui indiquant le nom que j'avais attribué à chacune d'elles.

Elle ne faisait pas partie des personnages que j'avais inventés, mais devant la demeure la plus imposante et la mieux conservée, je n'hésitais pas

---

* s'enamourer ou le choc amoureux (Francesco Alberoni)

à lui mentir en lui disant que c'était la sienne.

Elle prit part à ce jeu-là, et me dit que, désormais, elle serait la nôtre.

Depuis son arrivée, nous ne nous étions pas lâché la main, alors fort de cette situation, je posais ma main libre sur son visage.

Elle ne la repoussa pas et je posai délicatement mon autre main sur sa joue droite.

J'avais enfin trouvé une clef qui me libérait de ma timidité, et nos lèvres tremblantes se rapprochèrent.

Ce baiser parcourut tout mon corps. Elle ne résistait pas à mon étreinte et tous mes gestes se déployaient avec une harmonie déconcertante.

Je semblais être un expert en séduction, alors que je découvrais avec Maria le premier baiser de mon existence.

Elle m'avoua que j'étais sa première histoire, et quand je dis « moi aussi », elle eut un sourire quelque peu dubitatif.

J'ai laissé planer ce doute stupidement, sans insister, mais après tout, j'aurais pu lui en vouloir de ne pas me croire.

Je ne l'aurais plus quittée, mais il fallait bien rentrer.

– Je dirai à Luna Stella ce que nous avons vécu, et si tu veux que nous nous revoyions, elle pourra être notre agente de liaison.

Après une dernière étreinte, chacun allait reprendre son chemin différent.

Elle repartit à travers un champ de coquelicots, remplissant son panier pour justifier une balade bucolique.

Quant à moi, je rejoignis le port de Barcaghju, d'où je devais partir le lendemain vers le phare de la Giraglia, pour deux semaines.

Durant ce séjour interminable, je me sentais prisonnier de cet îlot désertique qui pourtant jusque-là symbolisait la liberté et l'indépendance.

Seul mon accordéon me rattachait à Maria, et je caressais ses touches en imaginant chaque partie de son corps, sa peau laiteuse, ses cheveux blonds et bouclés.

Elle était à mes yeux la beauté à l'état pur.

Ces deux semaines furent les plus longues de ma vie.

Mon sommeil fut interrompu toutes les heures.

Je n'arrivais pas à fermer les yeux, rivés au loin sur le hameau où se trouvait Maria, que le phare éclairait par ses éclats réguliers au rythme d'un cœur battant.

Après tous ces jours et toutes ces nuits sans fin, je retournais sur la terre ferme, la relève étant assurée par les deux autres gardiens.

– *R.A.S. Tuttu va bè. Salute**, pour passer le témoin.

Sur la chaloupe qui nous ramenait, je pensais à ce que Maria m'avait donné.

Un baiser au goût d'anis que je n'allais plus jamais oublier. Comment aurais-je pu imaginer qu'un simple canistrellu allait m'offrir un souvenir impérissable ?

J'apprendrais, un peu plus tard, que la littérature faisait référence au palais et aux parfums, révélateurs d'émotions mémorables.

Dès mon arrivée, je me mettais en quête de rencontrer Luna Stella.

---

* Tout va bien. Bonne journée.

Le lendemain matin, je la retrouvais sur l'embarcadère, près de ma barque encore dépourvue de son gréement.

Elle était en mission commandée par Maria, et c'est vers la fontaine qu'elle se dirigea, pour me parler, à l'abri des regards curieux.

– Tu as toujours envie de revoir Maria ?

– Quelle question ! Je pense à elle depuis le soir du bal, sur la plage de l'Arena, elle a provoqué en moi un véritable séisme !

– Tu sais, elle aussi est troublée et je ne la reconnais plus.

– Elle n'est pas malade ?

– Si l'amour rend malade, je la crois très atteinte, et tu es la cause de sa maladie, mais elle ne t'en veut pas du tout.

– Ouf, tu m'as fait peur, embrasse-la quand tu la verras.

– Elle attend que tu le fasses toi-même, je serai brève, elle a beaucoup aimé votre « demeure de l'Arena » et elle t'y retrouvera dimanche prochain, à la même heure que la dernière fois. Est-ce que tu pourras t'y rendre ?

– Sur un pied, j'y arriverai, je te remercie de nous aider à ce point.

– Maria est comme une sœur pour moi, elle m'a permis de m'accrocher à la vie après la fin tragique de Francesca.

– Je comprends, je serai dimanche à l'Arena, dis-lui que je suis un garçon heureux.

– Samedi, nous ne serons pas au bal du village, le père de Maria est de retour.

– Alors, peut-être à dimanche à la messe.

Basgi*

La discussion n'avait pas duré trois minutes, mais elle me liait à Maria pour l'éternité.

J'allais faire l'impasse sur la messe, pour éviter de rencontrer les parents de Maria, même si elle me manquait terriblement.

Seulement cinq heures de plus à attendre, voire moins si nous étions en avance au rendez-vous.

Le dimanche des retrouvailles, je ressentis

* Baisers

une forte attirance charnelle. Je ne connaissais pas les limites qui séparent le bien du mal, dans une relation entre deux êtres qui croient à l'amour.

À notre « demeure », Maria décida de s'y rendre chaque fois qu'elle trouvait un prétexte pour s'éloigner de chez elle, Luna Stella servant le plus souvent d'alibi.

Au fil de nos rencontres, nous découvrions chaque fois un peu plus de notre intimité ; les caresses, les baisers, tout devenait de plus en plus tendre et osé.

Nos corps se rapprochaient intensément et vibraient à l'unisson, et pourtant, nous étions encore à craindre tout geste imprudent, d'aller au-delà, vers l'inconnu.

Sans doute que la peur de se perdre retenait les élans de nos cœurs et de nos corps.

Mais en nous retrouvant de plus en plus souvent, nous savions bien que nous n'étions plus dans une cour de récréation à nous amuser comme des gamins qui font des bêtises.

La cour des grands, même celle des adultes étaient à notre portée.

La découverte

Le mois d'août était toujours le plus chaud et se retrouver dans notre « demeure », aux murs épais, nous offrait une fraîcheur très agréable.

Maria était à la plage pour déjeuner avec Luna Stella (version parents).

Maria jouait la maîtresse de maison en m'invitant à partager son pique-nique (version officielle, ou pour mieux dire, réelle).

Ce moment-là donnait à notre relation une dimension supplémentaire : manger sous le même toit.

Les tranches de coppa, le fromage de brebis de César méritaient un petit verre de blanc de la réserve de notre cher curé, et pour finir un pastizzu, gâteau de semoule nappé de caramel, un délice !

Les yeux de Maria pétillaient ; le verre de vin blanc, qu'elle avait avalé d'une traite, faisait son effet.

Plus rien désormais ne nous empêchait d'assouvir un désir retenu depuis notre premier baiser.

Maria se donnait librement, nous étions nus, allongés sur une voile soigneusement repliée au milieu des filets de pêche.

Nous faisions l'amour pour la première fois.

Une découverte qui déclencha un déchaînement de passions, sa beauté totale me donnait une énergie sans limite.

Je retenais mes gestes pour ne pas être brutal, et ses premiers gémissements dans un souffle haletant auraient pu m'inquiéter.

Après qu'elle eut murmuré quelques mots à peine audibles, je me sentis envahi par une confiance ardente.

Nous avions découvert l'Amour.

Les fois suivantes confirmaient le plaisir que nous éprouvions à faire l'amour de mieux en mieux.

Luna Stella jouait son rôle de protectrice à merveille, et nous passâmes un été torride, à l'abri de tous les regards.

Pour sa fête, j'avais offert à Maria un beau foulard de soie pivoine bleu, au prix de mes économies.

Les premières pluies annonçaient la fin de l'été, la fin des baignades aussi ; nous étions pleinement heureux, mais nous n'avions pas vu un gros nuage passer au-dessus de nos têtes.

Le 8 septembre, fête de la Nativité de la Vierge, la messe fut célébrée par l'évêque, et j'étais tout fier de servir à son côté.

À la sortie, sur le parvis de l'église, je fus saisi au bras par le Sgio Battistini, le père de Maria.

À ses côtés, la vieille Restitude, bigote du premier rang, m'avait désigné comme un grand coupable.

– Je ne veux plus te voir approcher ma fille ! Un gardien de phare, sans le sou, fils de notre bonne, qui aurait des prétentions ! Retourne dans ta cabane avant qu'il ne soit trop tard.

Mezzo voce :

– Toi, Maria, file à la maison, et vite.

Jamais je n'avais été pareillement offensé, mais je ne trouvais ni la force de dire un seul mot ni d'échanger un dernier regard avec Maria.

Notre histoire était sérieusement compromise.

Le lendemain, je rencontrais Luna Stella et

elle confirma la colère du Sgio Battistini :

– Maria est privée de sortie jusqu'à sa majorité, et pas question de se marier avec un pauvre gardien de phare !

Je passais trois jours de profond désespoir, et le docteur Lestrade jugea mon état suffisamment sérieux pour me dispenser de retourner sur la Giraglia, avant que je ne sois rétabli.

Je cogitais sans cesse, ma vie ne pouvait pas finir ainsi, il fallait que je réagisse.

Ma situation sociale était la cause première de cet épisode cruel.

Comment changer la donne ?

Il fallait que je trouve une aide autre que celle du médecin, qui voyait mon mal-être, m'apportait son soutien, mais ne changeait rien à mon statut.

Une lettre à mon parrain, capitaine au long cours, était mon ultime chance.

Je n'espérais pas une aide financière, qu'il était en mesure de m'apporter, mais je souhaitais avant tout qu'il assure mon inscription à l'école d'hydrographie de Marseille, pour espérer prendre du galon.

J'allais tenter ainsi ma chance pour reconquérir Maria auprès de ses parents, sûr de son amour.

La dernière semaine de septembre, je devenais marseillais, le temps d'obtenir un diplôme et une situation valorisante, grâce à mon cher parrain.

Avec l'obtention de mon certificat d'études, le choix d'entamer un cursus pour devenir officier de la marine marchande me paraissait réaliste, et mon amour pour Maria devait me donner des ailes.

Je pouvais aussi compter sur l'aide de mon parrain, qui serait fier de me voir suivre son chemin, grâce à mon retour aux études.

Quand il apprit mes intentions, il manifesta, dans une lettre pleine d'affection, toute sa satisfaction, et m'invita à séjourner chez lui durant toutes mes années de formation.

Avec ces facilités inattendues, je n'hésitais pas une seconde et je fis ma rentrée à la prestigieuse école d'Hydrographie de Marseille.

« Ti ringraziu o Cumpà* ».

J'attendis de valider mon année pour rentrer,

* Parrain, je te remercie.

fier de ma réussite, au village, et annoncer à Maria que notre histoire pourrait continuer.

Je ne lui avais plus donné de nouvelles, car la censure de ses parents m'en avait empêché.

J'allais donc voir Luna Stella pour lui dire mes intentions, et mon début prometteur, pour qu'elle en fasse part à Maria.

Luna Stella était triste en me retrouvant, l'absence de son habituel sourire éclatant n'était pas sans raison.

Elle m'annonça, tout en cherchant ses mots, sur un ton hésitant avec un sanglot au fond de la gorge, que Maria avait été mariée avec Antoine Rocca, de quatorze ans son aîné, et qu'elle venait d'être maman d'une petite fille prénommée Rose.

Illusion perdue

Ma vie sembla se figer à cet instant, je semblais perdre tout intérêt aux choses de la vie.

Ce fut terrible, et les mots rassurants de Luna Stella me répétant : « Elle t'aime encore, tu sais… » n'avaient plus de sens et me rendaient fou de rage.

Je détestais déjà cet homme argenté et dédaigneux qui l'avait épousée, mais maintenant, je ressentais envers lui des envies de meurtre.

Je fuyais en courant, comme un dératé, pour masquer mes pleurs et ma colère devant une telle trahison.

Après une course jusqu'à la plage, distante de deux kilomètres, je me laissais tomber sur mon céans, et face à l'horizon, je poussais un cri terrible.

Puis, je restais sans voix dans une incompréhension totale.

Je me vidais la tête en jetant des galets plats sur l'eau, en ricochets, jusqu'à ce que je me rende à l'évidence.

J'avais trouvé une raison essentielle pour me sortir de ma condition sociale, fourni des efforts pour étudier de nouveau, tout ça pour ce piètre résultat.

Au bout de cinq heures, je rejoignis le village, où ma mère pas plus que mon père n'allaient pouvoir me consoler, car ils avaient quitté ce monde trop tôt.

Je ne sentais plus mes membres, et mes jambes

me portaient machinalement sans but.

Je devais faire face à ce déchirement tout seul et je n'allais plus jamais tourner mon regard une seule fois vers la maison arrogante des Battistini, que je savais désormais totalement hostile.

Je ne cherchais plus à revoir Maria.

Ma déception fut telle que je ne trouvais rien de mieux que l'alcool pour noyer mon premier chagrin d'amour.

Mes états d'ébriété réguliers avaient certainement fini de convaincre Maria que je n'étais pas un garçon pour elle.

Tout le monde était content, et en apparence, moi aussi, car j'avais le vin gai !

Je retrouvais souvent le soir notre médecin Joseph Lestrade, un peu perdu dans ce bled du bout du Cap Corse, qu'il appelait dans chaque conversation : « l'île dans l'île ».

Il cherchait régulièrement l'âme sœur, et j'étais un des rares à ne pas craindre que ma femme ne cède à son allure séduisante.

Je n'en avais plus ! Sans atteindre ses performances, je restais sous le charme de ce séducteur naturel, qui me permettait, à ses côtés, d'apprendre bien des choses grâce à son érudition.

Il me prêtait tous les quinze jours un classique de la littérature.

Je préparais, avec une grande application, les commentaires des œuvres, qu'il attendait que je lui fasse à chaque remise de livre.

Si au début je vivais ça comme une torture ou un interrogatoire, au bout du troisième livre, je préparais avec sérieux ces retrouvailles.

Autour d'un verre, suivi de quelques autres et souvent de beaucoup d'autres, je finis par éprouver un immense plaisir à échanger nos impressions sur des lectures très variées.

En dehors de la Bible, qu'il ne me proposa jamais, tout y passait : Hugo, Zola, Hemingway, et tant d'autres.

La Madeleine de Proust faisait écho au baiser à l'anis et aux canistrelli de Maria.

Du côté de chez Swan s'était déplacé jusqu'à l'Arena.

Je fus étonné de l'intérêt que je portais aux pièces de théâtre dont j'imaginais les décors, et que je lisais volontiers en imitant des voix qui m'étaient familières.

Ainsi, je prenais souvent la voix du curé, à l'accent rocailleux, dans des rôles que moi seul osais lui attribuer.

Il avait revêtu successivement les habits du Malade imaginaire et d'Harpagon, sans passer se changer dans les coulisses.

Un jeu magique qui n'étonna pas mon ami Joseph, qui avait appris ses classiques avec la même pratique.

– Pas de convention !

– Aï raggio* !

Pour un médecin, il n'était pas très conventionnel.

En effet, après six semaines de fréquentation, il m'initia à ce poison de rêve : l'opium.

Je goûtais à cette substance après m'être allongé sur un des divans du salon.

Il m'avait conseillé cette position, car pour une première fois, je risquais de ne pas pouvoir garder tous mes esprits.

À la première bouffée, je réalisais trop tard que mon habitude superstitieuse de ne rien débuter

* Tu as raison !

le vendredi était mise à mal.

Une légère angoisse me saisit à cet instant, et m'empêcha de goûter paisiblement à ce plaisir interdit que je découvrais.

En même temps, je venais de me libérer de cette habitude ancestrale, cause de nombreux renoncements et de craintes irrationnelles.

Je plongeais presque immédiatement dans un sommeil profond, sans ressentir de bien-être particulier.

À mon réveil, le Doc tirait encore sur la pipe que nous avions partagée.

Sa gestuelle, son assurance me donnaient envie de l'imiter les fois suivantes.

Tous les vendredis désormais, ces instants d'évasion provoquaient une excitation forte d'une part, et d'autre part un sentiment de prise de risque inconsidérée.

Après deux mois de fumerie, je décidais, malgré notre complicité qui s'affirmait à chacune de nos rencontres, de ne pas poursuivre cette dangereuse aventure.

Joseph fut très surpris de mon choix et resta quelque temps, distant et passablement méprisant.

Mais il n'eut pas d'arguments suffisamment convaincants pour que je continue à être son complice dans les évasions régulières, qu'il tentait désormais en solo, deux et même trois fois par semaine.

J'étais tenté de penser :

« Chi Salute* ! »

La suite allait me contredire.

Je venais de faire, grâce à mon intuition et à l'insistance du père Augustin, à qui je m'étais confié, le choix le plus salvateur de mon existence.

Joseph Lestrade, lui, fut découvert mort deux ans plus tard par un voisin, dans sa demeure retirée du hameau d'Adamo.

D'abord amoureux de la Corse, comme il le disait, il avait choisi sans hésiter de jeter l'ancre à cet endroit qui dominait la vallée, et offrait à l'horizon les îles toscanes d'Elba, Capraia, Montecristo et même Pianosa, si basse, mais que sa position élevée de nid d'aigle lui permettait de découvrir par beau temps.

Comme il était un fort en thème, il savait

* Quelle santé !

forcément qu'Adamo voulait bien dire en latin : j'aime beaucoup !

Il aimait la vie, les femmes, le vin, les drogues et la Corse toujours et encore.

Un mélange explosif qui l'emporta à la quarantaine.

Un dernier chagrin d'amour, disait-on par pudeur, son cœur l'a lâché…

Mais les derniers qui le virent passer devant *Les Intimes*, la veille de son arrêt terminus, avaient remarqué chez lui une très grande confusion.

Elle avait été à son apogée durant la soirée qui précéda sa disparition.

Joseph me manque encore aujourd'hui, et lors de mes lectures, je pense inévitablement à celui qui fut mon premier libraire et me transmit ce goût insatiable de la lecture.

Il me reste en souvenir le triptyque de *La Divine Comédie* de Dante que je n'ai jamais pu lui rendre.

Je pouvais lui dire merci, car sa rencontre m'avait aidé à traverser mon désert affectif, après cette grande désillusion.

« Ti ringraziu amicu* ».

La vie continua de plus belle !

La vie monotone du phare, en alternance avec une vie de débauche que je menais essentiellement à Bastia dans les cafés, et lors de rencontres féminines que je collectionnais loin du village, qui n'offrait que des disputes après boire.

Rien de très glorieux et bien banal, au fil des années qui se suivaient inexorablement.

Ma distraction préférée restait le théâtre de Bastia où les opéras, joués par des troupes venues d'Italie, m'apportaient un plaisir immense.

Verdi restait mon compositeur préféré, et je remerciais mon père de m'avoir initié au lyrique.

Je n'avais raté que deux concerts, juste avant le début de la guerre.

Durant ces quatre années terribles, je n'avais pas le cœur à faire de la musique.

Chaque jour, la mort pouvait frapper dans chaque famille de mon village.

* Je te remercie mon ami

J'étais le seul de ma génération à ne pas être parti au front.

Quatorze de mes amis allaient mourir pour la France !

Je n'avais plus le cœur à la fête.

L'Armistice signé, le théâtre renouait avec son public et j'allais assister à un concert de la paix retrouvée.

Le concert du 15 août 1919

Je m'étais retrouvé, comme à mon adolescence, au poulailler loin de la scène, car le théâtre était bondé.

Cette soirée du 15 août célébrait l'entente entre deux peuples, les Tunisiens et les Français, qui avaient combattu côte à côte durant la Grande Guerre.

Le théâtre scellait cette fraternité entre les peuples, au cœur de la Méditerranée, grâce à l'initiative d'un professeur bastiais qui avait exercé en Tunisie, et y avait enseigné la musique en plus de ses heures de cours.

Vincent Orsini avait eu une riche idée et le

succès était au rendez-vous.

Mon éloignement de la scène m'empêchait de voir de près tous les artistes participant à ce gala.

Le spectacle réunissait de nombreux artistes insulaires et une délégation de musiciens venus spécialement de Tunisie.

Au premier rang, je reconnaissais plusieurs personnalités politiques et militaires et des membres du clergé.

Les religieuses du couvent des Clarisses, tout proche, se mêlaient au peuple en ce jour de la Sainte-Marie.

Les profits de la soirée étaient destinés à l'hôpital de la ville qui en avait bien besoin.

Les différents ensembles de musiciens de Tunis, Kairouan, les deux tambours de Carthage et la chorale de Bizerte avaient interprété leurs airs traditionnels de Tunisie et la fin de la soirée approchait.

Le rideau pourpre se baissa et un sérieux vacarme s'installa immédiatement sur les planches.

Que nous préparaient les organisateurs de cette soirée, déjà bien réussie ?

Manifestement, les équipes du directeur Felice Pasquali nous avaient habitués à plus de discrétion.

Le piétinement bruyant sur les planches laissait deviner qu'un décor se mettait en place laborieusement, et la voix grave de Felice traversait la salle entière.

Il manifestait son énervement devant la lenteur de son équipe, recrutée dans les familles nombreuses pour des raisons sociales, mais avant tout électorales.

Avec un verre de trop, et il avait dû arroser généreusement la Sainte-Marie, le directeur perdait vite patience, de plus, la tâche paraissait complexe et ardue.

Le choix de ne pas prévoir un entracte avait dû précipiter toutes les manœuvres.

Les ordres, qu'il vitupérait, résonnaient dans toute la salle en déclenchant rires et sifflets, même dans les loges habituellement réservées à un public guindé.

Alors que le rideau se levait sur un nouveau décor, Felice, encore genoux à terre, se relevait péniblement aidé par deux machinistes, en laissant apparaître une partie de son anatomie postérieure.

Sa sortie fut alors saluée par une salve d'applaudissements.

Nous découvrions alors les raisons de tout cet intermède cocasse ; un piano à queue majestueux, au vernis noir brillant, prêté pour la circonstance par la maison Blanc, s'imposait pour la première fois sur les planches de ce théâtre réputé au-delà de la Corse.

Son couvercle relevé à son maximum, il offrait de ma place une vue plongeante sur la table d'harmonie.

En arrière-fond, la présence d'une barque de pêcheur, dont l'installation avait occasionné tout ce grabuge, était sûrement le choix du professeur Orsini, en costume couleur paille, canotier sur sa poitrine et une cravate bleue où était brodée en fil d'or une lyre, signe de son appartenance à la fanfare municipale.

Il avait, pour cette soirée de gala, un air de monsieur Loyal.

Vincent avait marqué son passage à Tunis au-delà du lycée Jules-Ferry où il enseignait.

Excellent musicien, il jouait aussi de la mandoline, un instrument très apprécié des Tunisiennes et des Tunisiens et aussi de la forte colonie italienne qui vivait dans la capitale.

Il s'était intégré durant son séjour à l'ensemble instrumental de Tunis et jouait de l'ud, un instrument à cordes traditionnel.

Il était le compositeur d'une chanson populaire, « La Tua Barca* » inspirée par l'île de Tabarka et l'histoire inouïe de la jeune pianiste tunisienne, assise dans cette embarcation, qui rappelait symboliquement sa composition musicale et l'épopée de sa jeune élève.

Le piano, un Pleyel de la célèbre marque parisienne, attendait patiemment que des mains talentueuses libèrent ses plus belles notes.

La présence de cette jeune femme, en tenue traditionnelle de Tunisie, eut un effet de surprise sur la salle tout entière.

De ma place, je ne pouvais pas distinguer les traits de son visage, mais son déplacement sur les planches annonçait un moment de grande élégance.

---

* Ta Barque

Elle était drapée dans une longue robe de dentelle blanche, dont la légèreté se devinait grâce aux faibles courants d'air créés par l'ouverture de toutes les issues.

Son maître était tout fier de présenter son élève, au parcours étonnant, et ne tarissait pas d'éloges.

Ayant son professeur à domicile, elle avait suffisamment progressé, grâce à son travail, pour qu'il la fasse participer à ce grand concert, malgré son jeune âge.

Fier de son résultat, il en avait perdu un brin de modestie, et en était arrivé à penser et oser dire qu'il avait inventé un nouveau style de musique.

Il se disait le roi du jazz, et à Tunis, personne n'osait le contredire, mais sous d'autres cieux, ils étaient quelques-uns à s'approprier ces nouveaux rythmes venus d'Afrique et d'Amérique.

La jeune Tunisienne, aux quinze printemps, écoutait les présentations sans dire un mot, et ses larges sourires laissaient penser qu'elle avait hâte de jouer sa partition.

À cette heure avancée de la soirée, les discours de présentation commençaient à peser.

La chaleur estivale, au bout d'une heure de musiques orientales, avait fait des misères sur les visages généreusement poudrés et colorés des « belle donne* » de la bourgeoisie bastiaise.

Le morceau choisi pour la circonstance était l'*Ave Maria* de Charles Gounod.

Tout était enfin prêt pour qu'il résonne dans ce théâtre.

Un long silence, quasi religieux, qui semblait une éternité, précéda les premières notes, puis ce fut un bonheur absolu.

Nous avions une véritable virtuose qui illuminait cette soirée.

D'évidence, elle connaissait parfaitement ce morceau, et la partition n'était posée sur le pupitre du piano que pour la rassurer, car elle la survolait.

Cette interprétation donnait une dimension mystique magistrale, sous les doigts d'une créature divine, débarquée la veille du Maghreb.

La salle était bouleversée et aurait voulu que cet instant soit suspendu.

---

* belles femmes

Après la dernière note, elle se leva et salua le public, surpris par une prestation d'une telle intensité.

La salle applaudissait à tout rompre. Au premier rang, je reconnaissais, parmi les différentes personnalités, le récent maire Émile Sari, mais aussi mon ami le jeune lieutenant Laurent Acquaviva, seul à s'être levé spontanément, face à cette musicienne de talent, pour l'applaudir.

César Vezzani, le célèbre ténor qui se trouvait dans les coulisses, avec tous les choristes qui devaient l'accompagner pour le chant final, ne put résister à cette grande émotion.

Alors que les applaudissements duraient, il écarta seul le rideau et s'avança.

Une lance à la main lui donnait un air martial.

Il saisit le bras de la révélation du jour qui était restée debout, près de son clavier, comme tétanisée par cet élégant militaire en tenue, le seul à être resté debout devant elle, admiratif.

Elle sentit une main ferme la saisir, se demandant ce qui lui arrivait. César lui dit quelques mots pour lui demander de l'accompagner, elle n'hésita pas et il ne reçut qu'un hochement de tête pour confirmer son accord.

La magie venait d'opérer ; un *bis repetita* pour elle et la voix de César Vezzani en cadeau, pour un *Ave Maria* qui resterait dans les mémoires.

Le public était comblé. Le chœur s'était rapproché pour profiter de ce moment exceptionnel.

Les applaudissements, à l'adresse de ce duo improvisé, finirent par s'interrompre et César fit un signe au chœur d'hommes qui entama le *Dio vi salvi Regina*.

Toute la salle se leva religieusement et la délégation tunisienne se mit au diapason.

Le troisième couplet :

*« Voi a i nemeci nostri a noi date vittoria è poi l'Eterna Gloria, in Paradisu** *»* justifiait que César Vezzani et cinq autres chanteurs tiennent en main une lance de combat.

La soirée se terminait ainsi de la manière la plus traditionnelle.

---

* Face à nos ennemis vous nous donnez la victoire et la gloire éternelle au paradis.

Il était presque minuit et je me dépêchais de rejoindre la pension Orlandi, située près du Nouveau Port, où j'avais réussi à obtenir une chambre parce que j'étais un habitué de la maison.

La famille Orlandi était originaire du village de Tomino situé aussi dans le Cap Corse.

Toutes les chambres étaient occupées par une partie des musiciens et chanteurs tunisiens, et au petit déjeuner, j'eus du mal à croire que j'avais dormi à Bastia.

Je flânais dans les rues de la ville jusqu'au départ de la Poste qui assurait le trajet à l'allure des chevaux jusqu'à la pointe du Cap.

Le voyage, avec les arrêts aux relais pour charger passagers et marchandises, dura près de cinq heures !

J'étais encore sous l'émotion de cette soirée où, de cette diversité musicale, j'avais retenu par-dessus tout l'*Ave Maria*.

Cet *Ave Maria*, d'une telle intensité émotionnelle, me ramenait presque vingt ans en arrière.

Immanquablement le souvenir de Maria, mon premier amour déçu, me revenait plus apaisé et j'avais depuis appris à vivre ainsi.

Maria était loin d'ici, était-elle toujours à Porto Rico où elle avait décidé de partir avec son mari et sa fille Rose ?

Avait-elle changé de pays comme beaucoup d'insulaires, partis faire fortune sous d'autres cieux, mais ne trouvant pas toujours leur bonheur très loin de leur île ?

J'avais cessé de me poser ce genre de questions depuis longtemps, mais ces notes cristallines, poursuivant dans ma tête leur envol depuis ce Pleyel magique, réveillaient mes souvenirs et les sentiments qui avaient résisté au temps.

L'air de l'*Ave Maria* me poursuivait tout le long du trajet qui longeait la côte orientale du Cap Corse pour *in fine* rentrer dans les terres, après le petit port de Macinaghju, et retrouver la fraîcheur des chênes, des oliviers et du maquis odorant qui délimitait les jardins rattachés à chaque hameau.

Quand je fus rendu à mon village, je n'allais pas participer à la veillée estivale, préférant m'endormir en repensant à cette belle soirée citadine.

Le lendemain, n'ayant pas d'obligation particulière, j'attendis onze heures pour retrouver les habitués du bar du village.

L'apéritif se prolongea jusqu'à deux heures de l'après-midi.

– La qualité première d'un apéritif est étymologiquement d'ouvrir l'appétit, aperio, ça veut dire ouvrir en latin !

C'est ce que disait chaque jour le Doc Joseph.

Il rajoutait aussi sec :

– Vous dites bien *aperturire* pour vos femmes qui accouchent ; eh bien oui, elles ouvrent leurs entrailles pour donner la vie !

Alors, il levait son verre et concluait par un « *A Salute* », rituel systématique pour rappeler que la santé était son domaine, lui, le seul médecin de la région.

C'était aussi sa manière à lui de nous quitter, car il ne voulait pas passer pour un poivrot, alors qu'il résistait, mieux que nous tous, aux effets de l'absinthe.

Elle avait sale réputation, affectait le cerveau, et depuis cinq ans, elle était interdite.

Ce mélange d'anis étoilé, autrement dit la badiane, et d'autres plantes aromatiques était encore servi au bar des Intimes.

Cette sacrée mixture, surnommée la fée verte, nous l'appelions *u Pastizzu* c'est-à-dire le Mélange, tout simplement.

Les gendarmes l'appréciant aussi, la consommation pouvait continuer de plus belle.

La quantité d'éthanol absorbée durant ces trois heures, sans me rendre fou, me conduisit très vite vers un sommeil profond !

À mon réveil, j'allais me contenter d'un bol de lait macchiato dans lequel je trempais deux coguli, ces grands biscuits secs, de forme oblongue, parfumés aux grains d'anis. Ils étaient comme un rappel du pastizzu pour mon palais, prolongeant ainsi plus sobrement l'apéritif.

Assis à la table en châtaignier de la cuisine, tout en reprenant des forces, l'air de l'*Ave Maria* occupait sans discontinuer mon esprit.

La journée étant ensoleillée, je ressentis l'envie de rechercher cet air sur mon accordéon, en me rendant au hameau de l'Arena, au bout de la plage.

À chaque séjour à terre, quand le temps était clément, je me réfugiais encore en cet endroit unique, rempli de souvenirs.

Gardien du phare de la Giraglia, j'y séjournais durant deux semaines dans le mois ; lors de mon repos à terre, je passais mon temps à lire le soir, et le jour, je m'isolais à cet endroit pour m'y ressourcer et continuer à répondre aux exigences des villageois, hostiles à mon instrument.

Ne craignant plus le paludisme, que je traitais à la quinine scrupuleusement, je vivais ma passion dans cet endroit maudit.

Au pied des maisons de pêcheurs et des remises abandonnées, je me sentais au paradis où mon accordéon soufflait toujours ses notes en direction de la mer Tyrrhénienne.

Sans quitter des yeux ce phare et cette île, à quelques brassées du rivage, je tentais de retrouver, à l'oreille, les notes du concert de Bastia qui m'habitaient encore.

Je fus surpris de jouer, instinctivement et aussi vite, cet air qui m'avait tant ému, le reprenant en boucle, content de l'effet qu'il me procurait.

Je ne comptais pas le nombre de fois que je

l'avais joué depuis plus d'une heure, mais il était sûr que je commençais à me faire réellement plaisir.

J'égrenais, comme un chapelet, ces notes qui me faisaient prendre conscience du talent de cette pianiste et qui m'amenaient à cette recherche musicale.

J'étais comme dans un rêve et dans une sorte d'apesanteur, due à cet air retrouvé, mais peut-être aussi aux effluves persistants de l'alcool.

J'essayais donc de jouer le plus fidèlement possible cet *Ave Maria*, quand j'entendis des applaudissements discrets venant de la plage.

Je détournais alors mon regard de l'horizon où flottait imperturbablement la Giraglia.

La rencontre

À ma gauche, j'aurais été tenté de dire à bâbord tellement je pensais n'avoir plus les pieds sur terre, une apparition miraculeuse !

Une jeune fille, figée sur les galets gris anthracite, de longs cheveux blonds ondulés traversés par les rayons du soleil couchant.

Cette créature inattendue ressemblait plus à un mirage qu'à une réalité vivante. Était-ce un rêve ?

L'espace d'un instant, je crus revoir Maria au point de prononcer son nom !

– Maria ! Maria !

C'était le cri du cœur, avec une impression de plaisir et d'amour retrouvé.

Elle m'applaudit longuement, immobile, et me sortit ainsi d'un voyage hors du temps où sa ressemblance fugace m'avait projeté.

Elle ne prononça pas un mot, mais me regarda, comme émerveillée, et j'avais du mal à croire que mon interprétation en était la cause.

Je n'étais pas habitué à une telle manifestation, car voisins et amis m'avaient toujours demandé, à mes débuts, de jouer le plus loin possible.

Je croyais plutôt à une moquerie de plus.

Mais non ! Je vivais à la fois ma réhabilitation et une résurrection !

L'allure, la silhouette élancée, le beau visage de cette adolescente que je découvrais avaient ravivé en moi des images et des souvenirs de ma jeunesse amoureuse.

Je revoyais à travers elle l'Amour de ma vie, Maria, que j'appelais plus volontiers *Amore*[*].

Et pourtant, son souvenir était, en même temps, celui d'une souffrance extrême qui avait suivi notre rupture.

Elle m'avait quitté pour un autre, sans explications, pour le plus grand bonheur de ses parents qui ne voulaient pas de moi.

Qui aujourd'hui pouvait me rejoindre avec un tel enthousiasme ? Seule Maria avait aimé ce musicien sur la plage.

Mon cœur battait la chamade et j'avais crié si fort « Maria… Maria » que le souffle de mes dernières notes avait été couvert.

En poussant ce cri, venu du fond des temps, je réalisais aussitôt que le rêve s'était évanoui.

J'avais à mes côtés une fille splendide, immobile, sans voix et visiblement sensible à ma musique improvisée.

Elle n'était pas Maria et je n'avais plus dix-huit ans, mais je l'avais cru un court instant.

Mon cœur en fut ébranlé et je restais sans voix.

---

* Amour

Un trouble profond s'était emparé de mon esprit pour raviver des sentiments que je croyais enfouis à tout jamais.

Après quelques secondes, une voix forte me ramenait au présent, à la réalité.

– Anena… Anena… Anena !

Deux hommes la suivaient de près, et je reconnus assez vite mon ami Laurent qui de sa voix de stentor, habituée à donner des ordres, hurlait son nom.

Il était accompagné d'un homme plus âgé que lui, vêtu d'une djellaba la tête couverte d'un turban blanc.

Laurent saisit la belle blonde par le bras et lui intima de revenir sur ses pas.

Je comprenais son inquiétude et son empressement à la soustraire de cet endroit, toujours insalubre.

Cette partie du littoral, marécageuse, infestée d'anophèles, présentait pour elle un risque réel de contracter le paludisme.

Je suivais Laurent et Anena aux côtés de cet étranger.

Tout en m'éloignant de l'Arena, sans presser le pas, je réalisais que la musique, l'alcool et les femmes de petites vertus n'avaient que partiellement réussi à enfouir, durant tous les moments que je leur avais consacrés, le souvenir d'un amour passé.

Tous ces moments d'évasion sentimentale me permettaient aujourd'hui de vivre, avec un bonheur inattendu, la résurrection momentanée de Maria.

La vision de cette jeune beauté ne m'engendrait ni mélancolie ni nostalgiques regrets.

C'était plutôt un sentiment bizarre et agréable à la fois qui m'envahissait.

Une sorte de révolution naissante me rappelait ce doux réveil amoureux, tout en me gardant dans une étonnante pudeur, que cette beauté adolescente m'inspirait.

Toujours en recherche d'un grand amour, inconsciemment, grâce à cette belle inconnue et à sa ressemblance incroyable, j'appréciais ce retour dans le passé.

Durant ces quelques pas, tout en admirant la cambrure de ses reins, j'avais pris la distance que mon cœur et ma raison me dictaient.

Il aurait suffi de presque rien, mais… Le temps avait fait son œuvre !

Je ressentais en même temps un trouble unique, inconnu jusqu'à ce jour.

Je l'aimais déjà, mais aucune pulsion érotique n'infiltrait mes veines.

Une sorte d'amour asexué naissait en moi et je me laissais pénétrer par cette émotion, sans retenue.

Je m'étonnais moi-même, mais pourquoi lutter contre l'effet procuré par cette créature sublime ? Mon regard, vis-à-vis de ce corps de jeune fille, était aux antipodes de celui que je portais habituellement sur toutes les femmes qui m'attiraient.

Je rejoignis l'étrange trio à l'extrémité plus saine de la plage, m'adressant à Laurent :

– Chi fai qui* ?

Il m'expliqua alors en français, pour que tout le monde comprenne, la raison de sa présence à cet endroit, à l'extrême nord de la Corse.

---

* Que fais-tu là ?

Cette jeune et belle fille était en réalité la pianiste qui, deux jours auparavant, m'avait ébloui par sa prestation au théâtre de Bastia.

Pourquoi être venue jusqu'ici ?

Laurent fit les présentations : Mansour Allani et sa fille Anena.

Il m'expliqua rapidement qu'elle avait repéré l'île de la Giraglia, lors de son arrivée en bateau de Tunis via Marseille, et souhaité s'y rendre pour la voir de plus près.

Je fus surpris par un tel choix.

En montrant du doigt ce bel îlot qui coupe majestueusement l'horizon, je leur dis que j'étais un des gardiens du phare.

– C'est précisément pour cette raison que nous sommes là, et d'ailleurs, Mansour a aussi été gardien de phare en Tunisie, avant de perdre un œil à la guerre ; il faisait le même métier que toi, Amadeo, sur l'île de Tabarka.

Laurent connaissait bien mes habitudes et savait que, ne m'ayant pas vu au port voisin de Barcaghju, il avait de fortes chances de me trouver à l'Arena.

Il m'expliqua donc que le lendemain matin

du concert, en prenant une bière sur la place principale de Bastia au café l'Empire avec des compagnons d'armes, il s'était trouvé près de la table de ce couple de Tunisiens qui découvrait la place Saint-Nicolas.

Il allait saisir l'opportunité de se rapprocher de ces deux personnes.

Il avait reconnu la pianiste qui l'avait subjugué, et qu'il n'avait pas quittée de son regard étincelant et profond.

Ses yeux gris-vert, qui reflétaient toute sa résolution et sa fermeté de militaire, avaient dévoilé, pour cette belle, la douceur qui l'animait au plus profond de son cœur.

En voyant ces deux étrangers communiquer, Laurent comprit qu'elle ne parlait pas mais qu'elle se faisait, par ses gestes expressifs, parfaitement comprendre par l'homme attablé à ses côtés.

Le jeune lieutenant croyait bien avoir compris ce que désirait la virtuose de la veille.

Il avait les qualités du séducteur et le sens du contact humain ; il s'approcha d'eux et l'homme aussitôt se leva avec déférence pour saluer ce jeune gradé.

– Je vous en prie, insista-t-il pour faire tomber cette barrière dressée par son uniforme.

Les présentations faites, Mansour le Tunisien, plus âgé, lui apprit qu'il avait combattu au sein du 4e RTT (Régiment des tirailleurs tunisiens).

Il portait un couvre-œil noir, et il indiqua à Laurent qu'il avait perdu son œil droit lors de la bataille de Verdun.

Laurent, sur les mêmes lieux de combat, avait gagné ses galons, mais Mansour, blessé, avait été rapatrié, échappant à une mort probable, qui avait emporté son jeune frère âgé de vingt ans.

Les destins n'étaient pas les mêmes pour tous, mais désormais, Verdun devenait pour la vie leur lien, leur ciment.

Ce matin, ce qui rapprochait le plus notre militaire de ces deux personnages était, sans équivoque, la musicienne.

Leurs regards qui se croisèrent à nouveau, pendant qu'il évoquait avec son père leurs souvenirs de guerre, le motivèrent suffisamment pour vouloir leur venir en aide.

Anena tenait à tout prix à voir de près cette petite île, à l'extrémité nord de la Corse, qui l'intriguait fortement.

Laurent leur donna le nom de cet îlot : la Giraglia et leur proposa de les y accompagner.

Elle fut ravie de trouver aussi vite un moyen de s'y rendre et ils s'embarquèrent, en toute confiance, à bord de la voiture de Laurent.

Sa Renault nouveau modèle, décapotable, conçue pour un célibataire, séducteur comme lui, leur permit de rejoindre la pointe du Cap bien plus rapidement et confortablement que le service de la Poste.

Laurent en était à sa deuxième Renault, une marque française à laquelle il était fidèle, parce qu'elle était l'anagramme de son prénom.

Le long du trajet, il leur fit un historique de toutes les tours génoises qui pointillaient le littoral.

Après celle de Miomo, puis d'Erbalonga et celle du Cap Sagro, la plus à l'est du Cap Corse, ils firent une halte, car les nombreux virages avaient atténué la joie manifestée jusque-là par Anena.

La proximité des îles de Montecristo, Elba et Capraia avec l'Italie, expliquait la domination de la République de Gênes qui s'était exercée aussi en Tunisie.

Ce que Mansour semblait apprendre à Laurent était la similitude entre l'histoire de ces deux régions quelque peu éloignées, mais baignées toutes les deux par la Méditerranée.

Tabarka, comme la Giraglia, possédait, sur un même site, une tour génoise et un phare, installé à la fin du XIXe siècle sous le protectorat français.

C'est cette originalité architecturale qu'Anena avait relevée à l'approche du rivage insulaire.

Plus ils s'approchaient du but, plus sa fébrilité grandissait.

Ils étaient arrivés au plus près, à terre, mais il fallait encore un moyen maritime pour rejoindre ce rocher.

Laurent avait quitté son uniforme, comme lors de nos battues au sanglier, pour abandonner cet air austère que lui conférait sa fonction, et il comptait bien sur moi pour satisfaire pleinement la jeune pianiste.

– Peux-tu nous amener sur la Giraglia ?

Avant d'en savoir plus, je leur dis qu'en fin d'après-midi la mer Tyrrhénienne changeait souvent, et qu'il valait mieux remettre la traversée au lendemain matin.

Satisfaits de ma réponse, pleine de prudence, il fallait donc pouvoir loger nos deux hôtes sur place pour la nuit.

Ma maison était trop petite pour accueillir tout ce beau monde.

Heureusement, je détenais les clefs de la maison du Sgio Bonavita, descendant du célèbre corsaire.

Il me confiait la garde de sa demeure, essentiellement pour retrouver, à l'occasion de ses séjours à Barcaghju, son piano que j'étais le seul à pouvoir accorder.

Laurent les accompagna après qu'ils eurent partagé un dîner modeste, composé d'un potage de légumes du jardin, de fromages de brebis et de raisins du vignoble Mattei, d'un morceau de brocciu sucré et d'un café du Venezuela torréfié le matin même.

La soirée se poursuivit dans la Casa Bonavita par un concert inédit deux heures durant.

Bach étant le compositeur préféré du maître des lieux, Anena nous régala en déchiffrant, avec une aisance spontanée, les partitions posées sur le piano droit Yamaha.

Une pièce exceptionnelle que le Sgio Bonavita avait ramenée du Japon.

Elle ne parlait dans aucune langue, ne savait ni lire ni écrire, mais elle arrivait à lire parfaitement la musique, grâce à la formation que lui avait assurée tous les jours depuis l'âge de six ans son professeur de piano, qui était logé par Mansour.

Un vrai prodige !

Mansour, plus habitué que nous à l'entendre, commença à piquer du nez, l'occasion pour Laurent et moi-même de rentrer nous coucher.

Le miracle de la Giraglia

Le lendemain, à sept heures du matin, nous étions tous les quatre sur le quai de Barcaghju et je hissais la voile pour rejoindre ma petite île.

Nous naviguions sous un léger vent arrière, et mon embarcation, le *Tollare,* nous amena, en moins d'une demi-heure, en ce lieu qu'Anena tenait tant à découvrir.

Le temps d'accoster et le comité d'accueil

nous reçut bruyamment, comme à son habitude.

« Monsieur l'ingénieur », fidèle au poste, eut droit d'emblée aux caresses d'Anena.

C'est ainsi que nous avions baptisé l'âne de service.

Le phare faisait l'objet de visites régulières d'un ingénieur qui contrôlait les installations, nous notait et exigeait que nous l'appelions avec déférence « Monsieur l'ingénieur ».

Nous ne nous en privions pas, surtout en son absence, au profit de l'âne qui transportait toutes nos marchandises livrées par bateau.

Le petit âne gris et blanc, comme à son habitude, remonta sur le plateau surplombant la mer à quatre-vingt-cinq mètres de haut, Anena juchée sur le bât.

À cette hauteur, nous avions une vision à trois cent soixante degrés.

Nous fûmes reçus par Ange, un autre gardien de service, durant cette quinzaine.

Sur cette terre de schiste vert, seuls les poireaux sauvages poussaient inexorablement.

La végétation y était clairsemée, pauvre et

ses essences rares ne risquaient pas de masquer l'odeur forte du pétrole, qui alimentait en continu la lampe du phare.

Devant ce panorama majestueux, je me mis à crier face au vent :

– *E Bella*[*] !

Laurent rajouta à son tour en écho, avec un sourire malicieux :

– *Si è Bella, Bellissima*[**] *!*

Il ne parlait pas de ce petit îlot, mais bien sûr de cette créature divine qu'il avait conduite sur cet iceberg immobile, résistant au soleil.

Laurent, à l'évidence, était sous le charme de cette belle Tunisienne.

Elle lui adressa un sourire, se tourna vers son père et répéta plusieurs fois ce que nous venions de dire avec Laurent :

– *E Bella… E Bella… E Bella !*

Sans hésiter, avec un sourire éclatant et plein de satisfaction, puis :

---

* Elle est belle !

** Oui elle est belle, très belle !

– *E Bella, E Bella Si Si Si E Bellissima !*

Elle venait de prononcer ses premiers mots, ses premières notes d'une justesse inouïe, sur un tempo régulier, soufflés pianissimo.

Avec une musicalité particulière rappelant que sur cet îlot, à l'extrémité nord de la Corse, l'accent du pays était plus chantant que dans l'intérieur de l'île.

Nous étions ravis d'entendre une étrangère parler notre langue, qu'elle avait facilement prononcée comme une mélodie rythmée, assimilée dès la première écoute.

Avec Laurent, nous mesurions l'importance de cet événement exceptionnel.

Elle venait de s'exprimer dans notre langue qu'elle s'était naturellement appropriée, dans cet endroit magique au milieu du Mare Nostrum.

Elle rendait ainsi un hommage vibrant à Laurent qui lui avait permis de voir l'île sœur de Tabarka où elle avait échoué, quatorze ans plus tôt.

Mais celui qui fut le plus troublé fut sans conteste Mansour.

Il fixa longuement Anena, les yeux éberlués, tout tremblant.

Il ne prononça pas un mot. Elle le regardait avec amour, dans une scène ponctuée de sanglots.

La respiration haletante, elle essuyait les larmes qui coulaient sur son visage sans discontinuer.

Laurent et moi nous regardâmes sans comprendre ce qui se passait.

Mansour se mit à genoux comme s'il s'était effondré sous le poids d'une charge énorme.

Cet homme à la forte corpulence se prosternait au pied de la chapelle San-Pasquale qui jouxte le phare, comme s'il se tournait vers La Mecque.

Il se mit à prier, dans une langue que nous ne comprenions pas, puis après une prosternation qui sembla durer une éternité, il se releva et se dirigea vers sa fille pour la prendre dans ses bras et l'étreindre avec force et passion.

– Tu as parlé !

Il la secouait vivement, comme pour faire jaillir de son être à nouveau des sons qu'elle venait de produire.

Sa réponse, hélas, ne fut qu'un simple hochement de tête.

Mansour avait bien entendu Anena prononcer à trois reprises :

« E Bella »

« Si Si Si E Bellissima »

Il ne comprenait pas cette langue.

Il nous demanda si nous avions entendu la même chose.

Nous n'étions pas peu fiers de lui confirmer qu'elle avait parlé en corse.

Il s'adressa à nouveau à elle, mais il se heurta à son silence.

Mansour avait eu un espoir immense, mais ses prières, qu'il avait adressées comme autant de remerciements à Allah, étaient restées vaines, sans réussir à réveiller les cordes vocales d'Anena.

Je compris, à cet instant, qu'elle n'avait pas l'usage de la parole jusqu'à son arrivée sur la Giraglia, et qu'à notre évocation de la beauté de ce site, elle l'avait retrouvée un instant.

Elle avait remarqué une grande similitude avec son île Tabarka en approchant nos côtes.

Les tours génoises étaient les témoins de la

domination qu'avait exercée la République de Gênes dans nos deux pays.

Les phares avaient été édifiés par la France sur le littoral tunisien à la fin du XIXe siècle, tout comme celui de la Giraglia construit en 1848.

L'existence surprenante de ces phares et ces bâtiments génois, si semblables et si éloignés à la fois, avaient troublé Anena au point de lui rendre la parole qu'elle avait perdue lors de son naufrage.

Comment expliquer autrement ce que nous avions tous entendu devant la chapelle de la Giraglia, après ce long mutisme depuis le naufrage sur l'île de Tabarka ?

Le regard amoureux de Laurent, son charisme avaient-ils participé aussi à ce moment magique sur ce bout de terre, recouvert par les embruns et battu par le Libecciu ?

Malheureusement, la frustration de ne plus entendre cette voix, si tendre et mélodieuse, semait le doute dans nos esprits, et pourtant… nous n'avions pas rêvé !

Durant ce long silence qui avait envahi cet espace désertique, surplombant cette mer turquoise, nous n'arrivions plus à reprendre notre souffle, nos regards suspendus aux lèvres d'Anena qui ne frémissaient plus.

C'est elle qui, par un de ces gestes précis de chef d'orchestre, avait donné, épuisée, le signal du retour à terre.

Son langage des gestes lui permettait encore de se faire comprendre parfaitement par son père.

Elle voulait prolonger son escale dans la région avant de repartir, dans trois jours, avec le prochain bateau.

Elle avait pris soin de prendre ses bagages et ceux de son père en quittant Bastia.

Ce qu'Anena voulait, Mansour l'exauçait.

Je leur proposais donc de rester encore quelques jours dans la demeure Bonavita que son propriétaire me confiait, pour en assurer l'entretien et le gardiennage, quand il s'absentait pour gérer ses plantations de cacao au Venezuela.

Durant ces trois jours, nous allions découvrir la vie passionnante d'Anena, racontée par Mansour.

Tabarka

Il avait sauvé quatorze ans auparavant cet enfant de la noyade devant l'île de Tabarka, située au nord-ouest de la Tunisie, très proche de la frontière algérienne.

Son récit fut émouvant.

Il avait vécu ce moment comme un cadeau de Dieu ; il venait alors de perdre sa femme, morte en couches, et sa fille qui n'avait pas survécu à l'accouchement qui avait eu lieu sur cette île.

Il ne dormait plus depuis ce drame, et en pleine nuit du 11 novembre, il lui sembla entendre un cri de bébé.

Il sortit du phare, mais n'entendit plus rien.

Il pensa avoir rêvé.

Il rentra pour essayer de retrouver le sommeil, mais des gémissements, à peine audibles, le firent revenir près du bord.

Son histoire me prenait aux tripes.

Je n'avais jamais vécu un tel épisode dans mon phare et je continuais à l'écouter.

Il s'approcha du rivage et essaya de localiser cette plainte lancinante.

La mer s'était calmée depuis minuit, après cinq jours de tempête.

À cause des éléments déchaînés, la réparation de l'optique du phare n'avait pu s'effectuer.

Sa fonction n'était plus assurée depuis plus d'une semaine, rendant la navigation, à cet endroit de la côte, extrêmement dangereuse.

En s'éclairant d'une lampe-tempête il vit s'approcher, porté par le courant, un objet étrange d'où émanaient ces faibles sons.

À la lueur de sa lampe, il devinait une forme étrange flottant tel un radeau de fortune.

Pas de doute, les pleurs qu'il avait entendus provenaient de la mer et de cette embarcation bizarre qui se rapprochait du bord.

Il courut réveiller son binôme, et à l'aide d'une gaffe, ils saisirent une sorte de panier tressé avec de fines branches.

Cette construction flottante supportait un couffin en paille, où reposait un petit être vivant qu'ils allaient ramener à terre.

Cet esquif mesurait près d'un mètre de haut, mettant ainsi la petite créature à l'abri de la noyade.

Ils n'avaient jamais vu ce type d'embarcation qui les intriguait.

Leur premier souci fut de détacher cet enfant et de l'abriter dans le phare, bien au chaud.

Mansour était croyant et pensa, à cet instant et toute sa vie durant, que cet enfant lui était envoyé du ciel.

C'était bien une petite fille.

Il se sentit investi naturellement du rôle dont il venait d'être cruellement privé.

Grâce à un tel édifice, dans une aventure aussi terrifiante, elle avait survécu.

Elle était totalement déshydratée, rougie par le soleil et le sel.

Il la rinça à l'eau de pluie de la réserve et lui donna à boire avec une cuillère à café.

Le lendemain, il retourna à terre avec cette petite fille et la confia momentanément à sa sœur Naïma qui allaitait son enfant.

Dès la première tétée, même si la petite était très faible et chétive, elle fit souffrir cette nourrice d'un jour avec ses dents, qui laissaient penser qu'elle avait plus d'un an.

Aussi, son alimentation ne devait plus se faire au sein.

Au bout d'une semaine, Mansour était devenu un père célibataire, mais heureux d'une telle offrande.

D'où venait cette petite fille tombée du ciel ?

Aucun indice ne permettait de savoir comment elle pouvait s'être trouvée seule en mer.

Quelques jours plus tard, quand la mer avait retrouvé son calme plat, on vit flotter au large une voile d'un bateau ayant démâté.

Elle provenait vraisemblablement d'une de ces nombreuses felouques naviguant par tous les temps, pouvant venir de Grèce ou d'Égypte.

Aucune épave n'avait été retrouvée et la forte houle avait dû provoquer, durant la semaine passée, plusieurs naufrages.

Seule survivante d'une embarcation entièrement disparue, elle avait été miraculeusement sauvée grâce à cet objet étrange ingénieusement conçu pour la maintenir en vie.

La nacelle était posée sur trois bouées de sauvetage avec une inscription où seules restaient deux lettres : O et S.

Mansour n'avait pas fait de recherches, car ces deux lettres avaient une consonance probablement grecque, et il ne voulait pas que cette rescapée, qu'il aimait déjà, lui soit soustraite.

C'est quelques années plus tard qu'il apprit que les pêcheurs de La Galite, une île au large de la Tunisie, fabriquaient des grandes nasses en jonc, semblables à ce radeau de fortune.

La structure posée sur ces trois bouées et sur laquelle reposait le couffin était une curiosité.

Elle permit cependant à Anena de rester en permanence au-dessus des flots, sans être submergée par les vagues.

Elle était de forme conique, et la première image donnée fut celle d'une déesse égyptienne trônant majestueusement sur les flots.

Les tiges de bois qui constituaient ce maillage étaient suffisamment tendres pour être tressées ainsi, et permettre une forme incurvée.

Le miracle, car c'était un miracle, resta un mystère absolu.

– Son arrivée entre ciel et mer ne l'a jamais empêchée de vivre toujours avec le sourire, soulignait son père de cœur. Son drame fut qu'elle ne parlait pas et je lui ai entendu prononcer pour la première fois ces quelques paroles, seulement sur votre île de rêve !

Malgré ce handicap, son intelligence et sa gentillesse avaient permis de rendre la vie plus facile à son père.

Mansour devait quitter l'île de Tabarka pour s'installer à Tunis afin d'élever plus facilement cette petite fille ressuscitée.

Elle ne parlait pas, et il avait toujours pensé que le traumatisme d'un tel naufrage avait pu provoquer cette aphasie.

Elle n'eut pas, à cause de ce handicap, accès à un enseignement dans les écoles de Tunis.

Elle ne savait ni lire ni écrire, ce qui ne l'empêchait pas pourtant de se faire comprendre parfaitement par son père.

Sa curiosité sans limite lui permit de découvrir la musique, et à sept ans, grâce à Vincent Orsini, qui était logé dans la maison de Mansour, elle apprit le solfège et le piano.

– Mon ami Vincent, ému par son histoire, lui dédia une de ses compositions, rajouta avec fierté mon ancien collègue.

L'amour d'Anena pour la musique fut même une aide précieuse dans la nouvelle activité professionnelle de Mansour.

Après avoir quitté sa fonction de gardien de phare, il avait conclu un accord avec son cousin Mohamed Allani, qui était comme un frère.

Mohamed, fabricant et marchand de tapis à Kairouan, lui confia la vente de ses tapis dans la ville de Tunis.

Cela allait de plus lui permettre de mieux gagner sa vie.

Anena releva que le marchand de tapis de la manufacture de La Goulette, pourtant moins réputée, réalisait les jours de marché plus de ventes qu'eux. Quelle en était la raison ?

Elle observa qu'un accordéoniste, proche de leur étal, jouait des airs napolitains.

Elle allait convaincre son père d'installer le piano, laissé en gage par un créancier, dans la salle d'exposition de tapis, au 17, avenue de France, à côté de la librairie d'Amico.

L'effet fut immédiat.

Le répertoire était adapté à la demande des clients et le choix musical très varié.

Elle disposait de toutes les partitions de son professeur.

– La première semaine de cette nouvelle façon de travailler en musique, nous vendions déjà en moyenne douze tapis au lieu de cinq ou six par jour auparavant. Avec le thé à la menthe, traditionnellement offert, nous n'avions pas obtenu de tels résultats.

La boutique Aux Tapis de Kairouan devint très vite Au Piano de Kairouan.

Anena continuait, en plus des heures de travail, de faire des gammes et de déchiffrer toutes les partitions les plus demandées.

Elles portaient toutes un signe distinctif qui lui permettait de reconnaître chaque morceau.

Elle avait sa méthode en créant, pour chaque titre, une image, un dessin suffisamment parlant pour s'y retrouver en quelques secondes.

Vincent l'avait aidée dans cette invention originale.

– Le bonheur d'Anena a toujours grandi dans la musique.

Après tous les récits de Mansour, dans un français impeccable, je me sentais tout proche d'elle et ressentais à son égard un sentiment d'amour singulier.

Je l'aimais pour son existence unique et je comprenais que les sentiments d'estime et d'admiration que j'éprouvais surpassaient ceux qu'une beauté troublante génère.

Je vivais aujourd'hui une émotion profonde et sincère, provoquée par une ressemblance qui avait ravivé des souvenirs amoureux.

Son histoire émouvante lui donnait une dimension tragique quasi mythologique.

Une déesse sauvée des eaux !

Aucun désir sensuel ou érotique n'effleurait mon esprit attendri.

Pourtant, je ressentais pour elle un sentiment d'amour.

Il était entier et d'une pureté que je ne m'expliquais pas.

Laurent semblait, lui aussi, sans aucun doute, séduit par cette beauté sans fard.

Je n'en étais pas jaloux, j'étais dans une autre dimension amoureuse que je découvrais pour la première fois.

Le jeu de Laurent était sans équivoque et mon hôte tunisien, très respectueux du commandement, ne semblait pas percevoir les intentions de mon bel ami.

Elle paraissait bien plus sensible aux attentions de son chevalier servant.

Sa fibre artistique lui permettait de décrypter ses gestes et son attitude, tout aussi bien qu'elle déchiffrait les partitions de musique.

Lui avait, devant elle, plus l'air d'un violoniste que d'un guerrier.

Le séjour fut rempli de promenades à terre avec une partie de pêche en point d'orgue près de la côte.

Ces trois jours passèrent sans aucun ennui, car Anena s'intéressait à tous les éléments naturels. Elle cueillait toutes les plantes qu'elle rencontrait et découvrait les senteurs enivrantes du maquis qui n'existait pas dans son pays.

Après ce séjour prolongé dans notre région, le retour en Tunisie, avec tous les autres musiciens, était programmé pour le lendemain.

Laurent assura le transport d'Anena et son père jusqu'au port de Bastia.

Resté seul sur mon îlot, je repensais, devant la chapelle San-Pasquale à ce moment d'intense émotion où Anena nous avait fait entendre le son de sa voix, à la fois douce et chavirante.

Elle avait un timbre de voix qui sonnait comme celui de Luna Stella. L'instant fut si bref qu'il fragilisait toute comparaison.

Devant cette chapelle, un autre événement qui m'avait marqué mystérieusement, plusieurs années auparavant, venait se superposer à ce souvenir récent.

Le baptême de Rose

À cette époque, la fille de Maria, Rose, avait quelques mois d'existence et son père Socrate, communiste militant de la première heure, n'avait pas voulu baptiser sa fille.

Après des déboires financiers, il avait décidé de quitter avec sa famille la Corse, pour tenter de faire fortune à Porto Rico.

Le départ était proche, je l'avais appris au bar, alors que je n'avais plus revu Maria depuis la mise à mort publique de notre aventure prononcée par le Sgio Battistini.

Ma colère envers elle s'était apaisée, mais je n'avais pas cherché à la revoir.

Le 15 juin 1902, je vis débarquer sur l'île, Maria, sa petite fille Rose au bras, Luna Stella et le dynamique père Augustin.

Une visite surprenante.

Le père Augustin s'approcha de moi et m'expliqua la situation.

Maria voulait baptiser sa fille avant de quitter la Corse, et son mari le lui interdisant, elle avait choisi cette chapelle qui lui garantissait une grande discrétion.

J'avais été étonnamment choisi comme parrain.

Ma présence dans cet endroit, aussi peu fréquenté, était bien pratique.

Je ne pouvais pas en prendre ombrage, bien au contraire, car depuis que j'avais été enfant de chœur, la foi ne m'avait jamais abandonné.

Luna Stella avait été choisie comme marraine, ce qui me paraissait plus logique, car elles étaient amies.

Maria se confiait plus volontiers à elle qu'à sa

propre mère, très sévère et autoritaire.

Elle avait offert, en cadeau de baptême, une très belle chaîne en or que j'avais pu apercevoir dans son écrin rose.

Une médaille, posée au centre de l'écrin, représentait sur la face visible la Vierge Marie.

Pendant que j'admirais ce prestigieux bijou, signé Arthus Bertrand, Luna Stella me dit :

– Et en plus, au dos est le Père.

Une précision pour me montrer sans doute que ce cadeau était de valeur et de belle facture, et que la petite Rose serait à la fois sous la protection de la Vierge et du Christ.

J'aurais plutôt imaginé y voir la date de son baptême, mais après tout…

Le curé de la paroisse me demanda de l'assister pour cette célébration.

Maria ne parlait pas, sans doute gênée par son attitude passée, mais elle semblait heureuse que j'eusse accepté sa demande.

Elle m'adressa un sourire discret qui validait une paix retrouvée dans la foi.

Tenir la fille de Maria dans mes bras devant

le baptistère de San-Pasquale m'apportait une plénitude absolue que je n'aurais jamais imaginée.

Tout paraissait étrange.

Le père de Rose était absent pour des raisons idéologiques. Toute sa famille appartenait à la cellule du parti communiste du Cap, une tradition qui tranchait avec leur relative aisance sociale.

Ce baptême se déroula ainsi dans la plus stricte intimité ; les parents de Maria, absents eux aussi, auraient eu du mal que je leur ravisse un instant leur petite-fille.

Rose, aspergée à trois reprises d'eau bénite, généreusement versée par le prêtre, se mit à hurler et s'agiter dans mes bras.

À deux ans déjà, elle manifestait sa vigueur et je vis le moment où elle m'échapperait des mains.

Je la serrais très fort, car je tenais à remplir consciencieusement ma nouvelle fonction.

Luna Stella était près de moi, et je m'étonnais que tous ces rappels d'un passé douloureux ne m'affectent pas.

L'effet de surprise jouait sans doute, et le temps avait fait son œuvre.

La cérémonie s'acheva, et je m'adressais à Maria pour leur souhaiter bonne chance en embrassant ma nouvelle filleule.

Ma gorge se serrait à ce moment-là, mais je maîtrisais dans ma voix cette émotion compréhensible.

Je me trouvais pris au dépourvu pour lui offrir son cadeau de baptême, ne pouvant rivaliser avec celui du célèbre bijoutier.

– Au dos est le Père, répété par Luna Stella me mettant un peu plus en difficulté.

À peine excédé, je lui répondis calmement :

– Je sais !

– Ah bon ?

Je préférais ne pas réagir…

Avant de se quitter, Maria se dirigea vers moi et m'étreignit très fort pour me dire merci et adieu.

– Attendez un moment, j'ai quelque chose pour Rose.

Je me dirigeais alors à l'intérieur du phare et grimpais à l'étage une idée en tête.

À mon retour de Marseille, j'avais voulu faire

une surprise à Maria en lui offrant un bracelet, gravé en signe de notre amour.

Je l'avais précieusement conservé à l'étage du phare.

Il devenait mon seul moyen d'honorer mon statut de parrain, et aussi de me libérer du dernier lien qui me rattachait à Maria.

J'en profitais pour graver sur mon petit établi la date du baptême sur ce bracelet, désormais destiné à Rose que je découvrais pour la première fois : « 15 juin 1902 ».

Je les accompagnais tous les quatre jusqu'à la barque du père Augustin tout heureux d'avoir partagé ce sacrement du baptême.

Aujourd'hui, en revanche, c'était bien Mansour et Anena qui quittaient l'île de la Giraglia.

La paix retrouvée en France après l'armistice du 11 novembre avait permis cette rencontre exceptionnelle. Laurent et moi avions échangé nos adresses avec nos nouveaux amis pour correspondre.

Un mois après, Mansour nous écrivait déjà un petit mot pour nous donner de bonnes nouvelles.

Nous lui répondions ensemble, car mon meilleur ami était en garnison au 173e régiment d'infanterie alpine à la caserne Saint-Joseph à Bastia et rejoignait souvent son village d'Ersa.

La lettre

Une année déjà que nos amis tunisiens nous avaient quittés.

Lors de la distribution du courrier, le facteur me signala une enveloppe qui exhalait un parfum que je sentais pour la première fois.

Elle était adressée à Laurent, d'une écriture ronde régulière et appliquée, avec une mention en lettres majuscules : « PERSONNEL ».

Je ne me permis pas de l'ouvrir, et deux jours après, tout surpris, il la décacheta devant moi.

Son regard s'illumina aussitôt.

Il était fier de me montrer ces quelques lignes qu'il avait dans les mains, avec en fond de page la signature d'Anena.

– C'est Anena ! Anena ! *Un pare mancu vera**…

---

* Cela ne parait pas réel…

Je reconnais ce parfum, c'est du jasmin, *chi piacè**.

Il avait du mal à y croire, mais l'écriture scolaire de cette fille était sans aucun doute la sienne.

Elle avait en moins d'un an appris à lire et à écrire.

La réponse ne se fit pas attendre et ils commencèrent une relation épistolaire que je relayais, soit lors de ses passages au village, soit quand je me rendais à Bastia pour m'y détendre joyeusement, durant deux ou trois jours tout au plus.

Je constatais, au fil des courriers parfumés, qu'Anena faisait dans l'écriture des progrès constants.

Leur relation aussi prenait une dimension que dès leur rencontre j'avais subodorée.

Je pensais que la distance qui les séparait ne pourrait pas accentuer la profondeur de leurs sentiments et que leur histoire en resterait là.

Mais les événements allaient se précipiter.

---

* Quel plaisir

Laurent sous les ordres du général Gouraud devait rejoindre la Syrie.

Nous étions seulement un an après le concert de Bastia et la paix était menacée.

Il devait répondre aux ordres d'affectation en Orient.

Il saisit l'occasion pour devancer son départ afin de faire un détour par Tunis et y retrouver Mansour, avec lequel il avait continué de correspondre, mais surtout pour y rencontrer Anena.

Laurent, Anena, Mansour et Béatrice

Son arrivée à Tunis fut saluée par Mansour qui lui proposa de rester deux jours supplémentaires, puisqu'il ne devait rejoindre son poste à Damas que la semaine suivante.

Ce séjour fut ponctué de nombreux repas où il apprécia en particulier un succulent couscous au poisson préparé par Anena.

Elle s'était transformée et était devenue la très jolie femme qui s'annonçait déjà l'année précédente.

Elle parlait, encore hésitante, mais voulait rattraper le temps perdu.

Laurent, sous son charme, voyait aussi, dans le regard attendri de son père, tout le bonheur qu'il ressentait en l'écoutant parler.

Il avouait sa reconnaissance envers notre île à laquelle il attribuait cette renaissance.

Il voulait impérativement lui faire rencontrer une compatriote, mademoiselle Béatrice Orsini, l'institutrice qui s'était chargée de l'instruction de sa fille.

Cette célibataire au physique austère était d'une profonde bonté.

Elle était la locataire de Mansour et avait pris la suite de son petit cousin Vincent retourné au pays. Lors de leur retour de Corse, elle avait eu droit au récit étonnant, lui expliquant comment, l'espace d'un instant, Anena avait fait entendre sa voix sur l'île de la Giraglia.

La jeune institutrice, fraîchement sortie de l'École normale des Sœurs-de-Marie d'Ajaccio, se dit qu'il y avait une expérience à tenter pour Anena.

Elle avait par le passé réussi à faire lire et écrire

son plus jeune frère, de quinze ans son cadet, qui était malheureusement atteint de trisomie 21.

Cela semblait relever du miracle, mais elle savait que ce n'était que le fruit d'un long travail, plein de patience et de persévérance.

Après tout, le handicap d'Anena n'était sûrement pas d'origine génétique ni morphologique.

Ses cordes vocales avaient bien vibré une première fois, pourquoi n'arriveraient-elles pas à le faire de nouveau.

Béatrice était une jeune femme passionnée par son métier et ne supportait pas le renoncement devant les difficultés. Elle était sortie major de sa promotion, alors qu'elle avait été clouée au lit durant vingt semaines par la grippe espagnole.

Anena savait très bien lire sans hésitation, uniquement les notes de musique.

Cette enseignante, qui vivait son métier comme un sacerdoce, trouvait donc en sa nouvelle voisine un sujet de recherche expérimentale sans précédent.

Elle restait convaincue que l'origine de son aphasie, après qu'elle apprit l'histoire de sa vie, était essentiellement psychologique.

Pour elle, le traumatisme provoqué par son naufrage avait dû occasionner sa privation brutale de la parole.

Elle pensa aussi que le facteur déclenchant qui lui donna la parole dans cette langue inconnue d'Anena revêtait un aspect sentimental et affectif.

L'originalité de l'île de la Giraglia reflétant celle de Tabarka, la tendresse qui l'entourait à ce moment-là et l'intérêt qu'autant d'hommes lui portaient l'avaient ébranlée et avaient libéré sa parole.

Anena éprouva un plaisir particulier quand elle découvrit la première lettre de l'alphabet de la méthode Boscher.

Mademoiselle Orsini s'appuyait sur cette nouvelle méthode pour former ses jeunes élèves.

Sa réussite était saluée au lycée Jules-Ferry et ses élèves s'affirmaient dans la rue, par leur élocution parfaite du français teinté d'accent corse.

La lettre A était illustrée par un Âne qui rappelait l'âne de la Giraglia. « Monsieur l'ingénieur » allait, avec un clin d'œil, entraîner Anena sur les chemins du savoir.

Béatrice lui apprit à la première leçon que le plus simple pouvait côtoyer le plus compliqué.

Ainsi, elle lui révéla que son prénom était un palindrome : un nom savant pour désigner simplement les mots pouvant se lire à l'identique de gauche à droite ou de droite à gauche.

Elle la fit sourire en lui disant que dans son nom « AnenA », deux « Ane » s'embrassaient.

Le déclic pour que l'apprentissage commence avait eu lieu, tout comme pour la musique, huit ans auparavant.

La clef de sol et celle de fa, au début de chaque portée, n'avaient pas résisté à sa volonté et son travail.

Une fois le A prononcé, notre institutrice avait définitivement gagné son pari.

La motivation de son élève ne faisait aucun doute aux yeux de l'enseignante.

Son instinct de femme avait deviné l'*innamoramentu* qui avait provoqué cette libération de la parole.

L'envie de plaire à Laurent avait apporté toute l'énergie nécessaire pour arriver, en moins d'un an, à lire et à écrire.

La suite, Laurent et Anena allaient l'écrire ensemble.

Leur envie de mieux se connaître était réciproque et le désir embrasa avec fougue leurs corps sur l'autel de l'amour.

Béatrice fut d'une indulgence maternelle durant ce court séjour.

Elle devint la complice d'un amour qu'elle avait décelé avant les amants eux-mêmes.

Comme dans la *Divina Commedia* de Dante, elle était la femme providentielle!

Ils se quittèrent le cœur serré, mais rempli d'espérance.

Laurent repartait au combat en Syrie avec une énergie à toute épreuve.

Pour Anena, l'effet de tous ces instants était une découverte qui l'envahissait et lui donnait des ailes.

Après cette tempête sentimentale, elle trouvait chez Béatrice un refuge paisible.

Elle frissonnait par quarante degrés à l'ombre, et ne comprenait pas ce qui lui arrivait.

La jeune enseignante la rassurait par son

diagnostic : sa maladie était le plus naturellement du monde celle des amoureux.

Laurent lui manquait déjà, et grâce à la lumière que lui apportait sa maîtresse d'école, elle savait que le mot amour, à compter de maintenant, devait s'écrire avec un A majuscule.

Les lettres qu'elle écrivait, désormais avec une fréquence hebdomadaire, n'arrivaient plus chez moi, mais directement à l'état-major à Damas.

Je ne servais plus de boîte aux lettres, mais régulièrement, mon ami me faisait part de l'évolution de leur idylle.

Après trois mois éloignés de sa nouvelle conquête, il m'adressait une lettre où il m'apprenait qu'Anena était enceinte et qu'il me fallait, au plus tôt, la rapatrier en Corse pour lui éviter les foudres de son père.

Il me demanda de me mettre, au plus vite, en contact avec Béatrice qui serait d'une aide précieuse pour notre voyage, et de rapatrier Anena en Corse.

La mission se déroula, à ma grande surprise, sans difficulté.

Je fus logé chez cette chère institutrice en

attendant le prochain départ du bateau de la Compagnie des bateaux à vapeur du Nord.

Un aller-retour entre la Corse et la Tunisie qui dura plus d'une semaine.

Laurent avait assumé avec joie sa paternité future et son mariage ne faisait pas de doute, pour ce tombeur, que l'amour avait transformé.

J'allais donc, durant toute sa grossesse, me consacrer, les quinzaines où j'étais à terre, entièrement à celle qui me rappelait inexorablement Maria.

Anena rattrapait son temps de parole perdu, et nous passions des heures entières à nous raconter nos vies.

Nous étions devenus inséparables et les villageois commençaient à jaser.

Elle me confiait toutes les émotions que lui procurait Laurent et tout l'amour qu'elle lui portait.

Je l'aimais aussi, mais d'une façon énigmatique.

J'avais sur elle un regard protecteur.

Sa ressemblance avec Maria me ramenait vers des sentiments d'amour inégalés.

La réalité reprenait toujours le dessus et j'étais comblé par cette union avec Laurent que je considérais comme un fils.

Je remerciais le destin de me réserver une telle plénitude.

J'étais en quelque sorte envoûté par cette fille venue d'un pays inconnu.

Une Berbère, une Grecque, une Tunisienne ?

Chi lo sà[*] ?

Le dernier mois de grossesse annonçait les beaux jours.

Au fil de ces semaines passées ensemble, Anena apprenait quelques mots en corse, et elle avait même un léger accent du cap, sûrement dû à mademoiselle Orsini.

Elle ressemblait en cela aux élèves de sa classe qui, par mimétisme, apportaient, à Tunis même, un petit air d'insularité et de musicalité corse en roulant aussi sensiblement qu'elle les R.

Je disais souvent à Anena : « *Si un fiore*[**] » tant je la trouvais belle et épanouie.

---

* Qui le sait ?

** Tu es une fleur

Comme Candida, qui faisait office de sage-femme pour toutes les parturientes du Cap Corse, en observant l'arrondi de son ventre, je pariais pour une petite fille.

Son rayon de soleil pour éclairer des jours nouveaux se dessinait chaque jour.

Sa vie, désormais, devait s'envisager au village, et le piano de Barcaghju se trouvait un peu éloigné, pour qu'elle continue ses gammes.

Candida lui avait permis de devenir une véritable maîtresse de maison, et tous les quinze jours, je mesurais ses progrès.

Cuisine locale, ménage, repassage et couture.

Je n'avais jamais été aussi bien servi depuis la mort de ma mère.

Chaque retour à terre était un vrai bonheur.

Avec l'aide de Candida, elle m'avait confectionné un matelas bien plus confortable que celui du phare.

Il était rempli de Filetta, des feuilles de fougère, qu'elle avait recouvertes d'une toile crème aux rayures bleues.

Anena avait même travaillé quelques semaines

chez les parents de Maria qui avaient, à leur âge, besoin d'une domestique de plus.

Ils s'étaient quelque peu réconciliés avec moi, car leur fille et leur beau-fils ne leur avaient plus donné de nouvelles depuis leur départ de Corse.

C'était souvent le sort réservé aux familles, restées sur place, par les aventuriers qui ne revenaient qu'après avoir fait fortune.

Anena se contentait de son sort, mais mes absences en faisaient une proie facile.

Les mauvais garçons l'appelaient l'étrangère, mais surtout ne la respectaient pas.

J'ignorais les souffrances qu'elle subissait, n'imaginant pas que mes compagnons du bar des Intimes soient aussi pitoyables.

Candida, qui la protégeait, était la femme la plus appréciée du village. Elle avait été la nourrice de six enfants, et assistait la plupart des naissances grâce à son savoir-faire de sage-femme.

Elle avait pour Anena un attachement particulier.

Depuis la veille, elle avait su que l'accouchement ne devait plus tarder.

Les premières contractions affolaient Anena, mais Candida la tranquillisait.

La naissance

Barbara enfin voyait le jour ce 24 juillet, le cadran solaire marquant juste onze heures au clocher de l'église Saint-Paul.

Candida avait été une aide précieuse durant cet événement, car inévitablement, son premier accouchement avait été douloureux pour cette toute jeune femme.

Je regardais avec tendresse tout ce petit monde.

Barbara gardait les yeux fermés, mais son visage éclairait cette maison qui m'avait vu naître.

Le présent était merveilleux et l'absence de Laurent me donnait l'illusion d'être un heureux papa.

Je m'approchais de la fenêtre afin d'aérer cette pièce. La chaleur ambiante distillait un mélange de senteurs plurielles ; toutes les fleurs offertes depuis deux jours avaient fini par créer une atmosphère âcre et enivrante.

Chacun avait, dans cette société étriquée,

voulu manifester sa joie et sa présence auprès de la jeune maman.

Les discussions *mezzo voce* autour du berceau de Barbara et du lit d'Anena qui s'était assoupie depuis la dernière tétée, alternaient avec les silences qu'il fallait réclamer aux plus bavards.

Départ de Maria à Porto Rico

Je me penchais à la fenêtre, et en voyant la mer démontée, où l'écume s'évaporait dans des tourbillons désordonnés, tout en rabattant la crémone, je ne pus retenir des larmes de joie imprégnées de mélancolie.

Pour ne pas attirer l'attention de Candida, la seule qui restait encore, je ramenais avec le pouce jusqu'à mes lèvres ce liquide au goût fortement salé qui glissait sur mon visage.

Il semblait extrait de cette mer houleuse qui me renvoyait, en un instant, plus de quinze ans en arrière.

Je me trouvais à ce moment-là sur le port de Barcaghju mêlé aux nombreux parents ou amis venus faire leurs adieux.

Nous attendions l'arrivée de cette fameuse embarcation qui devait faire sensation : le *Giraglia-1er*.

– Amadeo, crois-tu que ce nouveau quai sera suffisamment long pour ce paquebot ? me demanda Luna Stella, car j'étais considéré, dans cette petite marine de pêcheurs, comme un marin expérimenté, alors que je n'avais en tout et pour tout navigué que six mois de ma vie sur les bateaux de la compagnie Valery.

Je ne pouvais pas lui répondre précisément, car cette fameuse barque, sortie du chantier naval de Porticciolo n'avait été aperçue qu'au large de l'île de la Giraglia, lors des essais, et le mystère restait entier sur ses dimensions.

Vraisemblablement, elle ne devait pas dépasser les dix mètres, mais ce qui était sûr, c'est qu'elle ne possédait qu'une seule voile.

Je l'avais vu naviguer par un léger vent de force 2 et j'avais eu le temps, non pas de la mesurer, mais d'admirer sa voile latine majestueuse de couleur bleu marine.

Nous attendions depuis maintenant plus de deux heures et aucun gréement à l'horizon.

Le capitaine n'était autre que le fils du maître batelier Mattei.

Il venait d'être reçu à son premier brevet de la marine marchande et il s'essayait au cabotage, entre le Cap Corse et les côtes italiennes. La date du 8 septembre avait été choisie pour mettre ce voyage inaugural sous la protection de la vierge.

Le *Giraglia-1er* avait dû quitter son port d'attache au lever du jour avec à son bord, d'après les renseignements que j'avais recueillis, deux jeunes hommes, des corailleurs qui voulaient vendre leur corail sur la place de Lucques, mais aussi fuir les regards suspicieux et les quolibets qu'ils subissaient.

Malgré leur comportement plein de discrétion et de délicatesse, leurs mœurs faisaient ici désordre et les contraignaient à l'exil.

Vers onze heures, enfin, la voile bleue fit son apparition.

Le maire, qui assistait à tous les événements notables de sa commune, avait boudé l'arrivée d'une embarcation qui suscitait la curiosité et qui, aux dires de ses fabricants, était une de leurs plus belles réalisations.

Son absence manifestait, avant tout, sa désapprobation pour ce départ du village de trois habitants, qui de surcroît n'étaient pas ses partisans.

Depuis le début de la matinée, le vent s'était levé, et je trouvais qu'il fallait que cette traversée se fasse avant que les flots capricieux ne s'enragent à l'automne naissant.

Avec une bonne météo, elle ne présentait aucun danger, même pour des marins novices, car les côtes italiennes étaient visibles du début à la fin de la traversée.

Christophe, le capitaine de la dernière création de leur chantier flambant neuve, après avoir tiré six bords sous le vent de l'îlot de la Giraglia, ne put s'approcher du quai qui l'attendait pour la circonstance, car la houle risquait d'endommager la coque blanche fraîchement vernie. En lettres bleues et en relief sur un fond blanc brillant apparaissait sur les deux bords le nom de *Giraglia-1er*.

Après avoir affalé sa voile latine, il lança à terre un bout, saisi par un gamin qui semblait le tenir comme un trophée.

Les corailleurs maintenaient, à l'aide des deux

rames, la proue à distance de l'entrée du petit abri, alors que le jeune frère de Christophe, en jetant une ancre de la plage arrière du bateau, impressionnait les curieux avec cette belle manœuvre que le tout jeune capitaine avait dirigée avec assurance.

Il était déjà midi, et comme tous les lundis, la relève du gardien du phare s'était faite dans les délais, mais sans aucune attention pour ce rituel.

Tout le monde n'avait d'yeux que pour cette barque aux dimensions impressionnantes, comparativement à la chaloupe qui avait ramené Nonce, le gardien du phare.

Il nous avait rejoints et regardait ce navire avec intérêt, me confiant qu'il y avait longtemps que le chantier de Porticciolo n'avait pas réalisé une embarcation aussi bien finie.

Était-ce parce qu'il était destiné au fils du patron ?

Après avoir apprécié la qualité de ce bel ouvrage, il me fit part de l'état de la mer au large du phare et qu'il faudrait peut-être s'en soucier, même si la traversée était courte en distance vers l'île de Capraia, leur première escale.

Je partageais son inquiétude, car la mer Tyrrhénienne est toujours capricieuse et que le ciel, en cette fin de septembre, s'assombrissait souvent vers six heures de l'après-midi.

Je m'adressais au jeune Christophe que j'avais rencontré lors de battues au sanglier, auxquelles il participait depuis trois saisons.

Il savait que j'avais été apprenti chez son grand-père, lui-même fabricant de barques, et qu'il m'avait enseigné le calfatage.

Antoine était impatient de quitter enfin la Corse ; il avait trop de mauvais souvenirs depuis une année qui ne les avait pas épargnés.

La naissance de cette fille avait un temps égayé la vie de ce couple, mais depuis l'arrivée au monde de Rose, cette petite fleur à laquelle le prénom faisait référence, les difficultés s'étaient accumulées.

Maria appartenait par sa mère à la famille Antoni qui avait fait fortune à Porto Rico, une île des Caraïbes où ses cousins continuaient de prospérer dans leur exploitation de cacao.

Ils comptaient sur eux pour entamer une nouvelle vie.

Antoine était propriétaire de deux commerces du village, la boucherie et la boulangerie, ce qui avait été décisif dans le choix du mariage.

Ils avaient été rachetés par un militaire qui venait de prendre sa retraite.

Le fruit de cette vente devait leur permettre d'acheter un important commerce d'alimentation, dans la commune voisine, bien plus peuplée.

Leurs espoirs furent de courte durée.

Des brigands informés de la transaction et bien au courant des habitudes du couple profitèrent de leur absence pour mettre à sac leur logement et les dévaliser.

Il en était alors réduit à des petits boulots complémentaires, dans les vignes environnantes et dans une exploitation de cédrat, pour assurer à sa petite famille tout juste de quoi la nourrir.

Ils s'étaient donc décidés, lui et Maria, à s'expatrier en quittant ce matin cette île, où ils étaient nés tous les trois, mais où ils n'espéraient plus rien de bon.

Je m'adressais au jeune Christophe :

– Avec cette mer, tu as intérêt à ne pas

t'aventurer au-delà de la Giraglia. Tu devrais attendre demain, car il est déjà tard et je pense…

Je ne pus finir mon conseil qu'avec beaucoup d'assurance, il me rétorqua :

– Vous avez déjà mis les pieds sur un tel bateau ? Impossible ! Je sais ce que je fais !

Que pouvais-je dire et faire ?

La manœuvre d'accostage avait fait son effet et je ne sentais pas, en dehors de Nonce, quelqu'un d'autre pour contrarier ce prétendant au cap Horn.

Maria me regarda d'un air dépité, voulant aller dans mon sens et rester quelques jours de plus.

Remettre cette courte traversée m'aurait permis de partager encore un jour ou deux avec ma filleule, mais Christophe reprit son rôle de commandant d'équipage :

– Alors, qu'est-ce que vous attendez ? Si vous ne montez pas tout de suite à bord, je vous laisse à terre et vous ne pourrez plus vous payer une traversée à un prix pareil, j'ai mieux à faire !

Antoine saisit le couffin où sa fille dormait à poings fermés, salua à la hâte ses amis peu nombreux et sauta sur l'avant du bateau.

Il s'adressa à tous en disant que tout allait bien se passer.

Je me dis *in petto* que le baptême de sa fille les protégerait aussi.

– Tout le monde à bord ! s'écria-t-il.

Antoine remit le couffin entre les mains du capitaine. Rose ouvrit les yeux, mais ne pleura pas tout de suite.

Cette poupée avait de longs cheveux blonds comme les blés, que son père avait battus sur l'aire de Poggio pour la dernière fois le mois dernier.

Son regard gris-bleu s'obscurcit, comme le ciel, et elle se mit à hurler en découvrant, au sortir de son sommeil, cet homme qu'elle n'avait jamais vu.

Antoine aida Maria à embarquer leurs deux valises. Ils y avaient mis l'essentiel qui devait leur permettre, sur une terre inconnue, de refaire surface.

Elle lui tendit la main gauche, et tout en soulevant sa robe en laine grise, elle se hissa à bord du bateau.

Le faible tangage de la coque, à peine baptisée par les premiers flots, rassurait tous les habitants de la commune qui s'étaient déplacés pour ce grand départ.

Il était plus de quatorze heures et les amarres allaient être enfin lâchées.

Maria ne me quittait pas des yeux.

Son étreinte si forte lors du baptême, que je ressentais encore, me disait qu'elle embarquait par fidélité à son mari, mais que j'occupais désormais une place nouvelle dans sa vie.

Christophe se mit à la proue de cette fière embarcation aux lignes épurées et mit Antoine, aux côtés de son frère, à la deuxième paire de rames pour mettre le cap vers l'îlot de la Giraglia, avant de hisser la voile en toute sécurité.

Le vent avait faibli depuis leur arrivée dans cette petite marine de pêcheur, et nous n'en étions plus qu'à force 3 quand la voile commença à se dresser.

Elle se mit d'emblée à faseiller face au vent, ils continuèrent leur progression lentement à la force des biceps.

La brume enrobait le *Giraglia-1er* et le soustrayait maintenant à notre regard.

Quand la voile disparut à l'horizon, j'étais obligé d'admettre que ma prudence n'était dictée que par l'envie de croiser encore le regard de Maria et aussi de Rose.

Dans mon cœur, je leur souhaitais bon viaghju*.

Ce ciel nuageux était de circonstance pour recouvrir d'un voile ma plus belle, et encore aujourd'hui, ma seule véritable histoire d'amour.

Barbara à l'état civil

À présent dans cette chambre parfumée qui avait vu naître Barbara, c'est une autre histoire qui commençait.

À la différence de sa mère, ses cheveux étaient aussi bruns que ceux de son père Laurent qui n'était pas encore arrivé de Damas pour assister à la naissance de sa fille.

Il ne tarderait pas à arriver, car je lui avais adressé un télégramme pour l'avertir de l'imminence de l'accouchement.

---

* bon voyage

Je me chargeais donc d'aller déclarer, à la mairie d'Ersa, la venue au monde de Barbara.

Don Pierre, le maire, me reçut et je lui annonçais que le père, Laurent, avait choisi de se marier avec cette belle étrangère et reconnaissait cet enfant.

Le maire me regarda longuement avant de me répondre, ce silence me parut étrange venant de sa part, car il était réputé pour être conciliant.

– Ça ne va pas être possible.

Laurent s'était donné la peine de me signer une procuration que je sortis de mon bleu de chauffe.

Don Pierre continua à hocher la tête pour rejeter ma demande ; j'allais perdre patience quand il reprit la parole.

– Je suis très heureux d'une nouvelle naissance au village ; c'est la huitième depuis le début de l'année. Après tous ces morts, je pourrais l'accueillir avec joie, mais je suis triste avant tout. Je n'ai pas voulu vous informer pour vous laisser dans l'allégresse de cet événement, mais je t'explique les raisons de mon refus. Un courrier du ministère des Armées, arrivé hier, m'a annoncé la mort de Laurent lors d'une embuscade.

Mes poings frappèrent avec une telle force le dessus de son bureau que je le fis sursauter.

Me prenant la tête à deux mains, je n'arrivais pas à contenir des larmes que seule Maria m'avait provoquées il y a bien longtemps.

Ce n'était plus le maire qui caressait ma chevelure, mais l'ami qui partageait ce deuil si cruel, survenu sur un autre rivage.

– Comment faire ? Il faut déclarer cette petite, mais de père inconnu ; je ne vois pas d'autre solution. Quel est le nom de la mère ?

Essuyant mes larmes d'une faible voix :

– Anena Allani, Barbara s'appellera comme sa mère, Allani, et non pas Acquaviva. Son prénom, Laurent l'avait choisi pour les yeux bleus de la mère qui devait être berbère.

Je racontais à Don Pierre, pendant qu'il remplissait le registre d'état civil, l'épopée odysséenne d'Anena de Tabarka à nos rivages.

Il resta ébahi et me remit l'extrait de naissance que je pliais, sans même y jeter un œil, tant l'absence de Laurent pesait à cet instant.

Je venais de perdre mon fils de cœur !

Le plus dur restait à faire : annoncer la mort de Laurent à Anena.

Je ne cherchais pas à préparer une seule phrase, il fallait laisser parler mon cœur meurtri.

Mes jambes me portaient à peine et je dus m'arrêter à deux reprises pour reprendre mon souffle.

La maison n'était qu'à deux cents mètres de la mairie, mais ce parcours sembla interminable.

– Ça y est, c'est fait ? Fut l'accueil joyeux que me fit Anena.

À mon regard triste, elle me demanda de nouveau.

Je n'avais qu'à répondre à ses questions :

– Tu as eu un problème avec le maire ? Je n'ai aucun papier, c'est ça ?

– Non, c'est bien plus grave.

– Quoi donc ?

Après une longue hésitation, je prononçais si faiblement :

– Il est mort.

Que je dus répéter.

– Il est mort.

– Qui ?

– Laurent… Il est mort au combat.

– Non, ce n'est pas vrai ! Ce n'est pas vrai !

– Malheureusement oui, le maire a été avisé hier après-midi, c'est terrible.

Elle s'étouffait dans des sanglots incessants, frappant violemment avec ses mains sur la table de la cuisine.

Quand elle s'arrêta, exténuée, elle saignait de la main droite, elle la porta à son cou, montrant par ce geste qu'elle n'avait plus de voix.

En effet, après plusieurs tentatives, le syndrome de Tabarka venait de resurgir dans une souffrance morale que nous partagions avec Candida, restée à son chevet.

Le naufrage la poursuivait dans sa destinée. Elle se retrouvait sur une île qu'elle commençait à découvrir avec bonheur, et au même moment, la foudre s'abattait sur cette frêle créature.

Candida dut rester parmi nous, à demeure, durant six semaines pour donner le sein à Barbara. Elle le partageait avec Louis, le dernier-né du village, qui fut sevré au bout de dix jours, laissant l'exclusivité à Barbara.

Anena resta prostrée pendant trois jours, puis reprit lentement goût à la vie pour sa fille

Chaque évocation de Laurent était un déchirement, et son mutisme revenu, il était difficile de communiquer comme nous le faisions jusqu'alors.

Avec l'aide de Candida, qui palliait mes absences de la terre ferme, Anena se consacrait à son petit cœur chéri.

Anena et moi vivions sous le même toit.

Mes amis me raillaient sur cette cohabitation et leurs imaginaires étaient fertiles.

J'avais beau leur dire combien j'étais heureux de vivre ces moments de bonheur, comme un père avec sa fille, ils ne cessèrent jamais de plaisanter sur ce sujet.

Leur esprit déplacé finissait par m'irriter, et en réagissant, je me mettais encore plus en difficulté.

Ils me rétorquaient que nous étions un couple infernal : moi qui ne parlais pas plus qu'un gendarme et Anena qu'ils appelaient plus volontiers la muette.

J'espérais que le temps finirait par faire son effet et qu'un autre sujet de conversation viendrait.

Mais dans ce petit village, où l'ennui faisait suite à l'ennui, cette situation intriguait.

Les maris devaient sûrement avouer leur envie à mon égard, d'où une jalousie conjugale qui se fit jour très vite, et largement partagée dans les foyers.

Qui pouvait croire à un amour platonique ?

Aurais-je moi-même cru cela possible, pour un autre homme aux côtés d'une si belle jeune femme ?

L'ambiance était pesante et Anena, qui avait fort à faire avec sa petite Barbara et la charge de la maison, comprenait pourtant tout ce qui se disait, même sans assister heureusement à toutes les remarques désobligeantes qui lui étaient destinées.

Les âmes bien pensantes s'étaient chargées de lui dire toutes ces gentillesses.

Avec le sourire, bien entendu.

Je trouvais, à mon retour du phare, Anena, qui d'habitude m'accueillait avec un large sourire, en pleurs.

Elle était restée assise sur sa chaise en osier tressé, serrant Barbara sur son sein, et sanglotant comme une enfant battue.

Elle me montrait, pour la première fois depuis que je l'avais découverte, une tristesse immense.

Aucun mot ne pouvait mieux dire que son regard désespéré toute la douleur qu'elle ressentait.

Je devinais dans ses pleurs la gravité et la profondeur de son désespoir.

Avec des gestes précis, que je déchiffrais de mieux en mieux, elle me disait, sans arriver à endiguer ses larmes, tout le mal qu'elle subissait de mes compatriotes.

Je culpabilisais, mais je ne pouvais rien lui offrir d'autre qu'une présence épisodique, en dehors de mes séjours sur la Giraglia.

Durant mon absence, elle se trouvait seule, face aux loups qui la harcelaient des manières les plus abjectes.

Je me trouvais désarmé pour contrer cette adversité qui allait avoir sur Anena un effet dévastateur, si les choses ne changeaient pas.

Je fus pris d'une colère folle et lui promis de

tout faire pour qu'elle retrouve la paix.

J'allais mettre les choses au point au bar des Intimes en commençant par une gueulante, assortie de menaces à l'égard de tous les abonnés.

J'étais fier de moi, car la virulence de mes propos, gestes à l'appui, avait obtenu un silence total et même des excuses des plus inattendues.

Je m'en retournais chez moi, relativement rassuré sur le sort qu'ils allaient réserver à Anena.

Elle me fit confiance et retrouva, peu à peu, le sourire et abandonna cette attitude de chien apeuré.

Je restais une semaine à ses côtés, et nos rares sorties dans le village étaient accueillies avec un sourire général.

Des moments de plaisir que nous goûtions tous les trois, car Barbara babillait bien plus souvent qu'elle ne pleurnichait.

Elle donnait un nouveau goût à sa vie.

Je quittais, au bout d'une semaine, mes deux petites femmes, confiant dans les beaux jours qui arrivaient.

Dès mon débarquement, je ne pensais qu'à les

retrouver au bout de ce chemin qui me menait de la marine à la maison.

Anena m'attendait sur la petite terrasse, en haut des escaliers en pierres sèches, sa fille blottie dans ses bras.

Elle me souriait et semblait toute joyeuse, sous le regard de notre voisine, la doyenne du village.

Je l'embrassais en prenant Barbara dans mes bras.

Nous rentrâmes dans la salle et je sentis qu'elle m'avait cuisiné une ratatouille.

Elle avait cueilli dans notre petit potager les courgettes, les aubergines, les tomates et les oignons, seul l'ail venait de l'épicerie.

La nepita, cet aromate sauvage, rendait ce plat encore plus savoureux en ajoutant son parfum subtil.

Il était déjà près de midi, car je m'étais arrêté un quart d'heure au bar pour boire deux tournées sans m'éterniser et faire le point ; R.A.S.

À la fin du repas, nous bûmes un café, agrémenté de chicorée qu'elle avait pris l'habitude de boire à La Goulette avec ses voisins italiens.

Un goût légèrement amer que je masquais avec deux sucres et de l'indulgence pour celle qui me l'avait servi.

Je ne pus déguster qu'un court instant l'eau-de-vie que je me servis en fin de repas.

Anena venait de me tendre un morceau de papier quadrillé où elle avait inscrit avec son écriture raffinée :

« Je veux partir d'ici. »

Je repris ma respiration, posais mon verre et la regardais pour essayer de comprendre ce qui se passait et finis d'un trait mon verre bleuté.

Je ne trouvais rien à dire, mais j'éprouvais une peine immense.

Je cherchais mes mots, mais seules des larmes venaient ponctuer ce bon repas.

Le temps semblait suspendu et je prenais conscience de ma crédulité coupable.

Qu'est-ce qui avait amené Anena à prendre une telle décision ?

Je ne chercherai même pas à lui faire changer d'avis.

Durant mon absence, elle avait mûri sa décision

et je ne pouvais avec tristesse que la respecter.

Ce couperet mettait fin à cette vie d'un trimestre où j'avais trouvé un bonheur unique.

J'en garderais le souvenir inoubliable d'une aventure aussi heureuse qu'inattendue.

À qui devrais-je en vouloir ?

À l'incompréhension des hommes et des femmes et à leur étroitesse d'esprit.

Sa décision était sans retour.

« Tu es comme un père – mais ici c'est l'enfer. »

Je devais me résigner et elle sut très bien m'en donner les raisons profondes.

« Laurent ne reviendra pas – je n'ai plus ma place ici. »

Ses gestes précis, devenus un langage que je comprenais de plus en plus, et ses regards expressifs suffisaient à me convaincre qu'il n'y avait pas d'autre issue.

Ainsi, l'abandon de ce lieu, aussi hostile que la mer qui l'entoure quand se déchaîne la tempête, allait se préparer dans les semaines qui suivirent.

« Partir, mais où ? »

Je n'en avais aucune idée, mais elle y avait

pensé sans doute depuis longtemps, et elle m'avoua ses intentions.

Elle avait à l'esprit de vivre dans une grande ville et fuir tous les regards inquisiteurs.

Je pensais tout d'abord à Bastia, mais ses bras qui s'écartèrent comme pour prendre un envol, en dessinant dans l'espace un grand cercle, ne mettaient pas, d'évidence, la capitale du nord de l'île dans ses choix.

Elle porta ses mains sur son cœur pour me dire que, dans cette ville, il y aurait toujours l'absence insurmontable de Laurent.

– Marseille ? Pour me permettre de la voir assez facilement et parce que cette ville cosmopolite était un port, qui pouvait lui rappeler sa terre natale.

Elle ne voulait pas plus revenir sur son passé et La Goulette ou Tunis ne seraient pas son avenir ni celui de Barbara, son choix était écrit :

« Paris. »

Je m'inclinais, car je trouvais chez elle la force et la détermination pour aller au bout d'un rêve.

– Chi voli fà in Parigi* ?

Elle me regarda fixement et de ses dix doigts elle pianota dans le vide, sans discontinuer.

Elle mettait du rythme à chaque note imaginaire, elle alla jusqu'à mimer un croisement de mains.

Comme à son habitude, elle fredonnait, bouche fermée, les notes qu'elle jouait sur un clavier invisible.

Cette fois, je ne reconnaissais aucune mélodie de son répertoire.

Elle jouait un air qui venait d'une autre galaxie et qui dura plus de cinq minutes.

Avec son rictus et sa concentration, elle glissait dans une transe surnaturelle.

Elle s'arrêta d'un coup et resta immobile un court instant, comme à la fin d'un effort majeur.

Elle savait ce qu'elle voulait : gagner la partie de sa vie qui l'attendait, et la gagner au piano comme elle en avait toujours rêvé.

Un pari risqué à mes yeux, mais visiblement, elle était persuadée d'y arriver.

* Que veux-tu faire à Paris ?

– Que veux-tu faire à Paris ?

J'étais inquiet pour elle, mais je la savais capable d'affronter les plus grandes difficultés.

Je lui proposais quand même de l'accompagner dans la capitale pour l'aider à s'installer avec sa fille.

Elle s'en réjouit, car elle allait vers un monde qu'elle ne connaissait que dans les livres, et grâce à la description que lui en avait faite Béatrice Orsini qui avait été en poste dans la capitale.

Elle lui avait décrit les différents monuments parisiens : le Louvre, le tombeau de Napoléon, les quais de Seine, la tour Eiffel, Notre-Dame et tant d'endroits qui l'avaient fait rêver.

Mais la musique n'avait pas été au centre de ses récits.

Autant dire qu'Anena avait conscience de partir vers un continent à découvrir.

Elle me demanda avant de quitter notre île l'extrait de naissance où figurait le nom de Barbara pour ne pas s'exposer à des difficultés en arrivant à Paris.

C'était bien ce qu'elle voulait, être une femme responsable.

En lui donnant cette pièce administrative, je découvris que le maire avait commis une erreur en enregistrant son nom : Allari au lieu de Allani.

Cette petite Barbara ne portait donc pas le nom de son père Acquaviva, dont la traduction en français était littéralement Eau vive, ni celui de sa mère qui avait été modifié.

« Allari c'est corse » ?

– Je ne connais qu'une seule famille à Bastia avec ce patronyme, Barbara se sentira moins seule.

« Je ne veux pas d'autre enfant, elle sera une fille unique. »

– Que vous soyez heureuses, je prierai toujours pour vous deux.

Installation à Paris

Notre arrivée en gare de Lyon, en provenance de Marseille le lundi suivant, sonnait un nouveau départ dans un monde qui me faisait craindre pour cette jeune maman que j'allais devoir laisser seule.

L'hôtel des Touristes où nous descendîmes

était tenu par un couple d'Auvergnats. Ils nous présentèrent une jeune infirmière, Cristina, qui élevait seule son fils et qui cherchait à partager son appartement.

Le courant passa entre les deux jeunes femmes et Anena accepta volontiers cette offre qui allait lui permettre de réduire ses frais.

Il fallait trouver du travail, et sa parole à nouveau disparue, les choix qui s'offraient à elle se résumaient à des tâches ménagères dont elle devait se contenter.

Elle voulait son indépendance et refusa toute aide financière de ma part.

Elle accepta avant mon départ que j'achète quelques habits pour Barbara au Bon Marché.

Vivre de sa musique ne serait pas facile, car elle arrivait les mains vides, sans son instrument resté à Tunis, et sans connaissance de Paris.

Je laissais ces deux créatures dans une ville qui me fascinait, mais je savais bien que la Corse s'était transformée en enfer pour Anena.

Mon espoir était que cette belle Cristina soit leur bouée de sauvetage. Je la quittais à leur nouvelle adresse, au 12, rue de Seine.

Elle était décidée à s'en sortir, mais elle dut se contenter, durant près de quatre ans, de faire du repassage dans la Blanchisserie Moderne qui était celle de notre hôtel d'arrivée.

Elle était toujours aussi appliquée dans ce qu'elle faisait, son travail de qualité était apprécié par sa patronne qui n'aurait jamais voulu s'en séparer.

La blanchisseuse fut pourtant « victime » d'un client trop satisfait du rendu sur ses différents costumes, chemises et cravates.

Après six mois de fidélité hebdomadaire, il débaucha Anena quand il sut que c'était à elle que la propriétaire confiait toute sa garde-robe.

La proposition qu'il lui fit étant bien plus avantageuse, madame Dumas dut se résigner à se séparer d'Anena qui, bien que reconnaissante, devait d'abord penser à élever sa petite fille.

Philippe Briand avait bien remarqué que la belle Anena était muette, mais son choix était réfléchi.

Malgré ce handicap, il était certain qu'elle conviendrait pour remplir la fonction qu'il lui destinait.

Propriétaire d'un hôtel dans la Commune libre de Montmartre hérité de ses parents, il avait préféré coiffer les dames du Tout-Paris.

En découvrant les mains habiles d'Anena, sa beauté ne lui avait pas échappé, malgré sa tenue vestimentaire d'une grande simplicité.

Son élégance naturelle l'amena à lui proposer de servir de modèle pour présenter ses créations, dans les concours de coiffure où il brillait le plus souvent.

Anena avait dû déménager et habitait désormais seule avec sa fille dans ce quartier.

Elle allait enfin se dire que son choix de venir dans la capitale était le bon.

À deux pas de la butte, elle découvrit à sa première sortie une campagne dans la ville.

Cet endroit ne surplombait pas la mer, comme la Giraglia, mais la ville de Paris ; et les vignes aux alentours étaient moins étendues que celle du vignoble Saint-Nicolas.

Cette découverte d'un nouvel environnement plaisait à Barbara qui, désormais âgée de cinq ans, allait faire sa première rentrée scolaire.

La vie parisienne allait prendre une autre tournure.

Anena s'empressa de m'annoncer ce changement de vie et m'invita à venir la voir.

Durant ces quatre années d'éloignement, j'avais pensé très souvent à elle et lui avais, à plusieurs reprises, adressé des mandats postaux pour l'aider, mais j'avais compris qu'elle ne tenait pas à ce que je découvre sur place sa vie de misère.

Je réussis donc, pour la Semaine sainte, à me libérer huit jours et nos retrouvailles me confirmèrent que cette jeune femme faisait partie de ma vie.

Ce séjour me permit de découvrir un quartier de Paris que je ne connaissais pas du tout, mais qui en une semaine allait me séduire à tout jamais.

« Paris est une fête ! »

J'allais la vivre au moins une fois par an, à partir de cette nouvelle ère.

Après avoir trouvé ce nouvel emploi, Anena ressentit une véritable joie de vivre et recommença à penser musique.

J'allais l'encourager à rejouer du piano, car en dehors de sa fille, rien ne la rendait plus heureuse.

Durant quatre ans, elle n'avait pas effleuré une seule des quatre-vingt-huit touches d'un piano.

Tout semblait définitivement compromis, car elle disait ne plus savoir jouer, et son travail, plus le temps consacré à Barbara ne lui avaient pas permis de produire la moindre note de musique.

Elle en ressentait toujours ce besoin, mais ne savait pas comment s'y prendre.

Ma venue à ses côtés allait lui apporter une aide pratique.

Elle avait remarqué un accordéoniste qui jouait différemment de tous les autres.

Elle saisit le sachet de ma brioche au beurre parisienne dont je raffolais, et griffonna avec son crayon qu'elle avait toujours sur elle :

« Viens entendre une découverte. »

Elle m'emmena jusqu'à Montmartre et très vite nous parvint un son qui m'était familier.

Un accordéon sonnait au milieu des étals et des chevalets de peintre.

Je découvrais une musique venue d'un autre

univers qui me séduisait étrangement.

À cet accordéoniste de nouvelle génération :

« On dit que c'est du jazz – connais pas – ça me plaît beaucoup. »

« Qu'est-ce que vous jouez ? »

Tout en continuant sa musique, un bref dialogue s'installa.

– Ragtime !

« Pas du jazz ? »

– C'est kif-kif !

Après un petit quart d'heure à écouter cet accordéoniste d'avant-garde, Anena insista pour me montrer ce nouveau style de musique au piano.

Elle laissa son accordéoniste du jour pour m'accompagner jusqu'à l'hôtel de la Butte. Elle semblait chez elle.

Elle se dirigea vers le bar où se trouvait un piano à queue qui me rappela celui de son concert de Bastia.

Elle se mit devant ce clavier et ne le lâcha plus, je dus lui rappeler au bout d'une heure que Barbara était restée seule à la maison et que ce n'était pas prudent de la laisser ainsi autant de temps.

Une chose était maintenant sûre, elle renouerait avec la musique.

Fiora

Quand je retournais au printemps suivant, elle était métamorphosée.

J'eus du mal à la reconnaître, elle avait une coupe de cheveux à la garçonne et s'était teinte en brune.

– J'ai du mal à t'appeler Anena comme avant, car tu ne lui ressembles plus.

« Viens de tourner une page – cherche nom d'artiste – Ane et Na ça fait rire tout le monde – tu as une idée ? »

– Tu me laisses un peu de temps ?

« Pas vraiment – faut trouver cette semaine ou on choisira à ma place – je préfère pas. »

– C'est difficile, *u mio fiore**.

Un sourire illumina son visage qui contrastait

* Ma fleur

avec l'embarras que j'éprouvais.

Elle se mit à applaudir vivement, referma ensuite ses mains en levant les pouces en signe de victoire.

« Bravo – mon nom sera Fiora ! »

Elle venait de choisir le plus simplement du monde ce nom qui lui ressemblait tant.

Fiora venait de naître et elle m'écrivit simplement :

« Philippe me gâte et je lui plais beaucoup – il ne m'a pas rendu la parole, mais ça va. »

– Je suis heureux pour toi et Barbara.

Anena n'avait rien caché de sa vie à Philippe et il savait les raisons de mon attachement pour sa muse.

Elle vivait désormais avec lui. Il me remercia pour le choix de Fiora qu'il trouvait être un très beau nom de scène.

Philippe avait conquis Anena, en l'invitant un soir à dîner dans son appartement luxueux, qui occupait tout le premier étage de son hôtel.

Elle avait demandé à pouvoir jouer sur le piano droit Pleyel qui se trouvait dans le grand salon.

Malgré les années silencieuses, la magie opéra très vite et Philippe Briand, déjà sous le charme, offrit la clef du bonheur à sa belle.

Il était passionné de jazz et il allait permettre l'éclosion de Fiora.

Ma venue à Paris coïncidait avec le projet qu'il avait conçu pour elle.

Les orchestres afro-américains commençaient leur ascension en France et Philippe assurait le gîte de nombreux musiciens.

Avec son talent et sa nouvelle coupe à la garçonne, Fiora allait immédiatement faire sa place dans un milieu dominé par les hommes.

À partir du printemps 1925, Fiora n'allait plus quitter la scène musicale, avec un succès grandissant.

La découverte de ce nouveau genre l'amenait à changer régulièrement de groupes qui se la disputaient.

Enfin, elle avait la vie parisienne que même Béatrice n'avait pu imaginer pour elle.

Une à deux fois par an, je passais une semaine à venir l'écouter et voir grandir Barbara.

Un vrai bonheur de voir la vie sourire à cette femme qui avait tant souffert.

La parole lui manquait toujours, mais elle arrivait à partager ses émotions grâce à la musique.

Les années passaient, j'avais pris ma retraite et j'espaçais mes séjours dans la capitale.

Barbara réussissait dans ses études et allait bientôt enseigner l'italien.

Julien Giraud, le fils de Cristina, avait revu Barbara un 14 juillet où Anena et Cristina s'étaient retrouvées.

Une idylle était née, et le jeune étudiant en médecine attendait la fin de ses études pour le mariage.

Je suivais la vie de ce petit monde à distance, espérant les accueillir en Corse un été.

Mais Anena-Fiora suivait Philippe qui préférait passer ses vacances sur la Côte d'Azur.

La guerre et l'occupation n'avaient pas empêché la musique de poursuivre son évolution.

Fiora avait acquis une belle notoriété et tout semblait lui sourire.

Julien et Barbara ne tarderaient pas à faire d'Anena et Cristina d'heureuses grand-mères durant l'hiver 1943.

Les soirées accumulées durant plus de vingt ans pesaient dans l'existence d'Anena.

Elle vivait dans une atmosphère où la sobriété n'était pas de mise.

L'alcool, la fumée, la drogue et les nuits blanches mettaient à rude épreuve les organismes.

Elle n'avait, à l'entendre, pas commis d'abus ; mais lors de mon dernier passage à Paris, je l'avais trouvée nerveuse, les traits tirés et amaigrie.

Elle venait de se séparer de Philippe Briand, ce qui pouvait expliquer sa faiblesse.

Avec un grand sourire, pour contrer mon regard inquiet, elle me fit comprendre, avec ses gestes que je décryptais facilement, qu'elle viendrait passer avec sa petite famille ses vacances dans le Cap Corse.

Rendez-vous sous le soleil de l'île de Beauté…

En réalité, c'est une ombre au tableau qui se profilait à l'horizon.

La toux persistante d'Anena avait alerté Julien

et le diagnostic du chef de service de pneumologie de l'hôpital Necker fut sans appel :

– La lésion cancéreuse décelée à la radio sur le poumon gauche est importante et inopérable.

Julien m'adressa un courrier pour m'en informer, et me dire que les vacances en Corse étaient compromises.

Anena comprit que ses jours étaient comptés, elle m'écrivit en me demandant de contacter après tant d'années de silence Mansour avec qui je continuais de correspondre.

La tâche de lui relater une vie entière en quelques pages était difficile.

Je pris mon courage à deux mains pour lui expliquer le parcours de sa fille.

Plein de mansuétude et d'humanité, il accepta de se rendre au chevet de celle qu'il avait tant aimée et qui, à la veille de son dernier voyage, appelait au secours son sauveur.

Au mois d'octobre, après un long périple au départ de Tunis, j'allais accueillir cet homme vieilli aux cheveux blancs à la gare de Lyon.

Avec son nom bien en vue sur un carton jaune, Mansour n'eut aucun mal à me reconnaître, il s'approcha de moi et m'étreignit avec vigueur et tendresse.

Nos souvenirs étaient intacts.

Je pris le temps, à la buvette de la gare, de lui décrire, avec le plus de détails possible, la vie d'Anena et lui annoncer la disparition de Laurent, le père de sa fille Barbara.

Les mentalités avaient évolué depuis l'enlèvement d'Anena, et aujourd'hui, sa présence à Paris prouvait le grand cœur de ce Tunisien.

Nous quittâmes la gare pour retrouver celle qui ne quittait plus le lit depuis plus d'un mois.

Le choc émotionnel fut terrible pour tous.

Anena, dans un effort surhumain, s'accrocha au cou de Mansour sans pouvoir le lâcher, tandis qu'il sanglotait.

Il était resté sur l'image d'une jeune fille rayonnante ayant retrouvé la parole, et en ce moment, il était face à une femme qui n'avait plus d'éclat que dans ses yeux bleus.

Nous vivions un moment cruel.

Nous étions tous sans voix.

Il ne quittait plus des yeux cette mourante, séchant avec son mouchoir de soie ses larmes, ne lui lâchant plus sa main tremblante.

Le silence s'installa intensément, jusqu'à ce que chacun ait repris un souffle régulier et apaisé.

Anena regardait sa fille et tous ceux qui l'entouraient.

Mansour embrassa à son tour Barbara qui lui présenta Julien.

– Barbara est un beau prénom, tu t'appelles ainsi parce que ta mère est sans doute berbère ?

– C'était le choix de mon père que je n'ai jamais connu.

Je retrouvais la parole pour demander à Mansour :

– Et que signifie Anena en arabe ?

– Ce nom ne signifie rien dans notre langue.

– Pourquoi l'avoir inventé ?

– C'est le prénom qu'elle avait quand je l'ai sauvée.

– Elle ne parlait pas, comment peux-tu savoir que c'était son nom ?

La découverte

Il sortit alors d'un pli de sa djellaba une pochette en cuir vieilli, il en retira un bracelet qu'il gardait dans la paume de sa main, comme une relique précieuse.

Anena était l'inscription qui s'y trouvait, et depuis Tabarka, il avait toujours eu cette pochette sur lui.

Il avait du mal à lâcher ce bracelet, au moment où Anena allait le quitter pour toujours.

Il finit par desserrer sa main et je pus enfin lire :

« a r e n a »

J'étais tétanisé.

Ce bracelet était celui que j'avais gravé pour Maria, et en le retournant, je retrouvais la date du baptême de Rose : 15 juin 1902

Mansour avait lu un N à la place du R !

À la fin de sa vie, je découvrais qu'Anena était en réalité la petite Rose, ma filleule.

– Tu avais aussi une médaille en or ?

– La voici.

Les yeux noyés de larmes, les mains tremblantes, je renonçais à saisir ces objets qui resurgissaient d'un passé lointain tellement invraisemblable.

J'allais embrasser cette femme qui nous abandonnait, avec une douceur extrême, pour éviter de faire souffrir ce corps déformé par la douleur.

Mansour me serra dans ses bras et ce nouveau coup de théâtre ne faisait que renforcer notre lien d'amitié.

Anena-Fiora redevenait Rose pour ses derniers jours sur cette terre parisienne.

Cristina, qui depuis plus d'un mois prodiguait ses soins jour et nuit, avait assisté à cet instant surréaliste.

Par son baptême, Rose était une enfant de l'Église catholique, et le découvrait en se rapprochant de Dieu, dans d'extrêmes souffrances.

Cristina allait abréger, après dix jours et dix nuits de calvaire, les douleurs atroces qui assaillaient le corps décharné de Rose, avec le même déchirement que le Doc Joseph en se séparant de Francesca.

Nous ne pouvions qu'assister impuissants à ce dernier naufrage de la miraculée de Tabarka. Grâce à Mansour, nous savions enfin que Anena-Fiora-Rose venait de ce Cap Corse où elle avait donné naissance à sa fille Barbara.

Quel périple l'avait amenée sur les côtes tunisiennes ?

L'heure n'était pas à l'élaboration d'un scénario plutôt qu'un autre.

L'imagination pouvait laisser libre cours à toutes les hypothèses, et à ce jour, je ne me risquais à aucune explication.

Mansour, convaincu des origines de sa fille, voulut l'accompagner jusqu'à sa dernière demeure dans le village d'Ersa où elle était née.

Le glas retentit à son arrivée et elle reçut une simple bénédiction avant d'être portée en terre.

Les noms d'Anena et de Rose furent apposés sur la même plaque funéraire.

Mansour, Barbara et Julien restèrent deux jours à Barcaghjiu, dans la demeure Bonavita dont j'avais toujours la garde.

Ce séjour nous permit de mesurer combien nous avions aimé cette femme magnifique.

Nos vies étaient si différentes que l'espoir de se revoir un jour était faible, mais la vie peut réserver des surprises.

Cette année 1943 restait une année de deuil et de révélation.

Le théâtre de Bastia allait cette même année souffrir des bombardements américains qui allaient le rendre muet durant trente-huit années.

J'évitais de penser trop souvent à ce qu'avait vécu l'équipage du *Giraglia-1er*.

Ce qui était sûr, c'est que Rose était du voyage, car en interrogeant Mansour, il m'avait confirmé que la voile qui flottait devant Tabarka était bleue comme celle du *Giraglia-1er*, dernière felouque du chantier naval de Porticciolo, qui n'en avait construit que deux depuis sa création.

Le panier qui avait été embarqué et sur lequel avait été posé le couffin était sans aucun doute cette nasse à langouste surdimensionnée, tressée avec des tiges de myrte qui lui assuraient une solidité unique.

Le seul détail qui m'intriguait : les lettres O et S qui figuraient sur les bouées.

C'est Luna Stella qui m'éclaira complètement ;

elle savait que Christophe avait débaptisé le *Giraglia-1er* préférant Éros, le dieu de l'amour.

Les bouées avaient été peintes à l'insu de son père qui n'aurait jamais accepté un tel sacrilège.

Je fis remarquer à Luna Stella que Rose était l'anagramme d'Éros.

Sans doute ces bouées de liège avaient souffert dans la tempête pour que la peinture disparaisse en partie, mais elles avaient été assemblées avec la nasse à langouste ingénieusement pour sauver la plus jeune.

Finalement, mes inquiétudes du départ s'étaient révélées les plus justes, la jeunesse inexpérimentée avait coûté la vie à cinq personnes.

Je pouvais imaginer le déroulement de cette odyssée à partir du nord de la Corse.

Le vent qui semblait avoir porté tous ces passagers vers les côtes italiennes, sans souci, avait, comme, à son habitude changé de direction.

La tempête s'était levée sans que personne s'en soucie sur terre, les gardiens du phare n'avaient pas manifesté la moindre inquiétude.

Durant les cinq jours de mauvais temps, le *Giraglia-1er* avait sûrement dérivé au large de la côte orientale comme une coquille de noix, avec un courant du nord persistant qui l'avait propulsé jusqu'au sud de la Sardaigne.

Est-ce que ce jeune équipage avait repris la maîtrise de la navigation, pour poursuivre sa route dans cette direction ?

Connaissant tous ces passagers, je souffrais à trop vouloir comprendre ce qui avait pu se passer.

Pour échouer sur l'île de Tabarka, seul un vent d'ouest d'une rare violence avait pu occasionner un tel malheur et mettre fin à l'existence de tous ces migrants vers des rivages plus prometteurs.

Le jour de l'enterrement de Rose, le drame avait été annoncé dans le village et tous ces disparus en mer, au large de la Tunisie, allongeaient la liste des marins reposant au fond de la Méditerranée.

Mes vieux jours s'écoulaient paisiblement et Barbara ne m'avait pas oublié, me souhaitant tous les ans ses vœux de bonne année.

« *Pace è salute** », elle en connaissait la signification.

En cette fin d'année 1981, elle m'invitait à

* Paix et santé

l'inauguration du théâtre de Bastia.

Après trente-huit ans de silence, la réouverture se faisait et Barbara était toute fière de m'annoncer que son fils Robert dirigerait l'orchestre d'État roumain de Sibiu pour accompagner *La Traviata* de Giuseppe Verdi.

Le 16 au soir, je cherchais à retrouver Barbara et Julien dans le public, mais c'est eux qui me repérèrent, avec mes cheveux blancs et ma canne.

Le secret

Des retrouvailles émouvantes, dans ce théâtre où soixante-deux ans auparavant s'était révélée Anena, la Tunisienne que je n'aurais jamais imaginée être ma filleule.

Malgré les années, mon esprit remontait le temps avec une précision de métronome.

La salle était comble, mais Barbara m'avait réservé une place au troisième rang, pour que je puisse voir son fils au plus près, et une surprise de taille m'attendait ; Luna Stella était à ma droite.

Robert était bien le petit-fils de notre filleule Rose, et Barbara avait bien fait les choses.

Pendant que les musiciens de l'orchestre s'accordaient, Luna Stella évoquait le souvenir de Maria.

– Tu sais que tu étais l'amour de sa vie ?

– Sans doute, mais c'est un accessit auquel j'ai eu droit, être le parrain de Rose, j'espérais mieux.

– Ses parents l'ont obligée à se marier, mais devant Dieu, elle était unie à toi, Amadeo.

– Son mari n'entrait pas à l'église, c'est logique.

– Amadeo, te souviens-tu du baptême où nous étions *cumpare è cummare** ?

– Évidemment, et surtout le prestigieux cadeau que tu avais offert à Rose.

– Justement, c'est de lui que je veux te parler. Ce soir, tu m'as dit que Mansour avait conservé ces deux reliques que Maria avait dû cacher à son mari Antoine, tu as vu ma médaille ?

– Oui, mais les yeux embrumés de larmes.

– Tu n'as pas vu le dos de la médaille de la Vierge Marie ?

---

* parrain et marraine

– Tu me l'as assez répété : au dos est le Père et mon émotion était si grande d'apprendre qu'Anena était notre Rose que je ne me suis pas attardé sur ta médaille.

– Amadeo, je croyais que tu savais, ce qui était au dos était une inscription gravée en latin que tu vas savoir traduire et qui va te bouleverser.

– Dis-moi ! Luna Stella, ce qui était gravé au dos de cette médaille.

« AMA DEUS PATER »

– Je n'y crois pas ! Je connais le latin, « au dos est le père » c'était donc ça, j'aurais dû me douter que ton insistance cachait un secret.

– Oui, Amadeo, tu es le père de Rose, et jusqu'à ce soir, j'étais la seule à détenir ce secret. Il t'appartient maintenant de le partager avec ta famille.

Robert faisait son entrée sous les applaudissements, et face au public, il jeta un regard attendri sur ce quatuor venu le découvrir.

J'étais sur une autre planète, encore sous le choc, au bord de l'évanouissement, mes pleurs étouffés et couverts par l'orchestre et les voix exceptionnelles de Violetta et d'Alfred.

Maria n'avait jamais quitté mon cœur, et sans le savoir, j'avais reporté mon amour le plus pur sur notre fille.

À la fin du concert, dans la loge du maestro, je mesurais les années qu'il avait fallu pour que le souhait de Mandolina se réalise dans ce théâtre de Bastia.

Sa descendance musicale avait dans cette salle, à deux reprises, connu le succès.

J'avais sans le savoir, avec Maria, fondé une famille que j'avais aimée instinctivement.

Mon secret pouvait désormais lui être révélé.

Imprimé en France par
CPI Bussière
en mai 2024
N° d'impression : 2078177